Os infortúnios da virtude

COLEÇÃO PÉROLAS FURIOSAS

Donatien Alphonse-François, o marquês de Sade (1740-1814), foi certamente um dos autores da literatura universal que mais sondaram os limites do homem, trazendo à luz (em pleno iluminismo) aquilo que a cultura sempre tentou ocultar: a violência do erotismo em suas mais variadas formas de transgressão. A tônica de seus principais romances, escritos ao longo de quase trinta anos em onze diferentes prisões sob três regimes distintos, é a da libertação do indivíduo mediante a corrupção dos costumes. Relegado ao esquecimento por muito tempo (somente o século XX o restituiu à luz e o consagrou), o perseguido autor de *Justine* e tantos outros livros escandalosos, "o espírito mais livre que jamais existiu", nas palavras de Apollinaire, é hoje considerado um clássico, ao lado de Racine ou de Shakespeare um dos maiores escritores de sua época.

A coleção *Pérolas furiosas* reúne pela primeira vez em língua portuguesa as principais obras desse transgressor do espírito, que via na literatura uma possibilidade de criar um mundo às avessas onde tudo é levado às últimas conseqências. Sade nos faz ver o impossível nas entrelinhas dessa realidade absurda na qual, paradoxalmente, nega-se a vida e os homens para melhor afirmá-los, vale dizer, para glorificá-los.

Marquês de Sade

OS INFORTÚNIOS DA VIRTUDE

Tradução
Celso Mauro Paciornik

Apresentação
Contador Borges

ILUMINURAS

Coleção Pérolas Furiosas
dirigida por Contador Borges

Capa
Michaella Pivetti
sobre *Reclining nude* (c. 1924-27), guache sobre papel
[35x50cm], Edward Hopper (Coleção privada)
fotografia modificada digitalmente.

Revisão
Ariadne Escobar Branco
Daniel Santos

Este livro segue as novas regras do Acordo Ortográfico da Língua Portuguesa.

Dados Internacionais de Catalogação na Publicação (CIP)
(Câmara Brasileira do Livro, SP, Brasil)

Sade, Marquês de, 1740-1814.
Os infortúnios da virtude / Marquês de Sade ;
tradução Celso Mauro Paciornik ; apresentação Contador Borges. — São Paulo :
Iluminuras, 2008 — (2. reimpressão, 2015).— (Coleção pérolas furiosas / Dirigida
por Contador Borges)

Título original: Les infortunes de la vertu.
ISBN 978-85-7321-258-7

1. Romance francês 2. Sade, Marquês de,
1740-1814 - Crítica e interpretação I. Borges,
Contador. II. Título. III. Série.

08-03993 CDD-843

Índices para catálogo sistemático:
1. Romances : Literatura francesa 843

2015
EDITORA ILUMINURAS LTDA.
Rua Inácio Pereira da Rocha, 389 - 05432-011 - São Paulo - SP - Brasil
Tel./Fax: 55 11 3031-6161
iluminuras@iluminuras.com.br
www.iluminuras.com.br

ÍNDICE

AS MORTES DE JUSTINE

Contador Borges

No ano de 1787, na turbulenta época em que a França se preparava para a sua grande Revolução, o marquês de Sade, prisioneiro da Bastilha, a despeito de uma incômoda infecção ocular que o atormentava, escreveu Os infortúnios da virtude, *em apenas duas semanas. De início, a obra seria apenas um "conto" destinado a fazer parte da coletânea* Contes et Fabliaux du XVIII siècle, *mas logo a história da heroína virtuosa começa a ganhar corpo na imaginação de Sade, tornando-se não apenas um romance, mas a versão primitiva de outras duas obras:* Justine, as desgraças da virtude, *de 1791, e a monumental* A nova Justine, seguida da história de Juliette, sua irmã, *de 1797. Durante dez anos, a saga das duas irmãs opostas, uma trilhando a carreira da virtude, a outra a do crime, inflamou a mente do escritor. O pequeno romance deu assim origem a uma obra de mais de quatro mil páginas, tornando-se, nas palavras de Maurice Blanchot, o verdadeiro "Inferno das bibliotecas".*

Em um pequeno ensaio sobre Sade, Octavio Paz questiona qual seria o "segredo" de Justine. Sabemos que os libertinos sadianos sentem prazer e se divertem à custa dos infortunados, mas e Justine, o que sente? Não sabemos. Só podemos imaginar. Como diz um dos preceptores de A filosofia na alcova, *"há coisas que exigem véus". Há coisas que só fazem sentido na perspectiva da razão libertina. O que levaria então um escritor a inverter radicalmente a tônica dos romances deste século, nos quais o tema da "inocência punida" fazia desfilar aos olhos do leitor o triunfo da virtude sobre o vício? Sabemos que não se trata de masoquismo, que as inclinações dos lânguidos heróis de Masoch correspondem a outro universo, a outra lógica de funcionamento das disposições eróticas. Conhecemos também as artimanhas de Sade, o fato corriqueiro de em suas narrativas uma vítima raramente sentir algum tipo de prazer, com exceção dos espirituais. O prazer das vítimas inibe o mecanismo do gozo perverso dos libertinos, inviabilizando a prática da crueldade.*

Octavio Paz acredita que Sade não acrescenta muito acerca desse "silêncio" por parte de suas personagens-vítimas porque lhe faltava certas habilidades como romancista. No dizer de Paz, Sade "era incapaz de pintar ou recriar sentimentos e sensações".[1] *E ainda assevera que ele não tinha "o poder de evocar e nos fazer* ver *um personagem. Os heróis e heroínas de Laclos são seres vivos e inesquecíveis; os de Sade são fantasmas, sombras".*[2] *Falta a Sade, segundo Paz, o essencial daquilo que caracteriza os verdadeiros romancistas: o dom poético.*

[1] Paz, Octavio. *Um mais além erótico: Sade.* São Paulo: Mandarim, 1999, p. 103.
[2] Idem, ibidem.

Por mais procedente que seja a visão do grande escritor mexicano, a obra sadiana parece nos sugerir algo muito mais laborioso: uma operação textual na qual o gênero romanesco do século XVIII, notadamente a sua vertente sentimental, representada sobretudo pela "Comédia lacrimosa" e por romances como A nova Heloïse, *de Rousseau, sofre uma radical transformação. É possível ler a obra de Sade como uma crítica de toda essa tradição, em cuja base se encontra o idealismo sentimental judaico-cristão. Neste, valores como a bondade, a castidade, a piedade, e, sobretudo, a devoção religiosa, são primordiais.*

O idealismo sentimental dos romances da época dava vazão a uma das principais correntes da mentalidade desse século: a da sensibilidade; a outra é a da razão e do pensamento materialista. Assim, Rousseau era o principal representante da primeira, e Sade irá se revelar como o escritor decisivo da segunda. Grosso modo, na corrente da sensibilidade, a alma não tem corpo, somente os enlevos espirituais importam, interessam ao romancista; na corrente materialista, ao contrário, o corpo não tem alma, ou dissolve esta categoria idealista na fisiologia perversa daquilo que o filósofo La Mettrie chamou de homem-máquina.

Para a filosofia materialista do século de Sade, a natureza é a única fonte de todas as coisas. Ela decide o que são os homens, e estes, quando agem entre si, nas sociedades, para o bem ou para o mal de seus semelhantes, em nada afetam as leis gerais da natureza. A natureza não se importa com o que fazem os homens, é indiferente para ela se os indivíduos se amam ou se destroem. O pensamento materialista em geral não acredita que a natureza apresente indicações claras para uma constituição moral. O "bom selvagem" de Rousseau revela-se uma impostura. Se esta indiferença caracteriza a relação entre os homens e o mundo natural, todas as ações humanas podem ser justificadas pela natureza. Mas Sade acrescenta um dado assustador: quem pratica o mal contra alguém se revela melhor intérprete da natureza, e suas ações na realidade prestam uma homenagem à grande Mãe, uma vez que uma de suas principais leis consiste em destruir para criar (ou criar para destruir, tanto faz). É com base nesse expediente que o pensamento de Sade constrói seu sistema no qual o sofrimento alheio garante o gozo do libertino, o que, em última instância, não se faz sem danos à religião e ao valores morais, acelerando em grande escala e generalizando todo processo de corrupção dos costumes.

Levando isso em conta, não é difícil imaginar um poderoso rolo compressor passando por cima das heroínas virtuosas, de suas súplicas inúteis, de sua beleza maculada, de suas lágrimas vertidas à exaustão. Vale lembrar as torrentes de lágrimas que Julie ou a nova Heloïse *arrancou aos leitores de Rousseau, uma das grandes operações lacrimosas deste século, já bastante acostumado a chorar em público. É aqui que começa a funcionar o poderoso dispositivo do texto sadiano. Aquele mundo que apreciava chorar coletivamente, e representar-se nessa efusão de sentimentos, já não era mais o mesmo. Uma outra mentalidade emergia das sombras e ruínas desta época de regalias palacianas e perucas empoadas. Sade, se não foi o primeiro, será o mais contundente porta-voz dessa maneira de pensar. Se com os ingleses Richardson e Fielding, os romancistas (e leitores) aprendiam a estudar profundamente o coração humano, esse "verdadeiro Dédalo da natureza", com Sade, a estratégia para dar cabo a essa tarefa deveria ser outra.*

Em seu ensaio "Ideia sobre os romances",[3] *o marquês deixa claro qual o caminho a ser seguido pelo romancista caso quisesse verdadeiramente interpretar o coração humano. A resposta é simples: a natureza. A natureza criou o romancista para que ele pudesse pintá-la tal qual é, sem privilegiar as boas ações, porque se a virtude sempre triunfa, o romance perde o interesse. O que o romancista deve fazer é o contrário: criar situações em que a virtude possa ser "atormentada pelo vício". É assim que Justine, em* Os infortúnios da virtude, *é sempre ultrajada, violentada, e mesmo se recusando a se associar ao crime, como entre os malfeitores na floresta de Bondy, ou a envenenar a mãe do Marquês de Bressac, por quem se apaixona, acaba sempre levando a pior. É mediante esse procedimento, segundo Sade, que o leitor poderá entender melhor como funcionam as paixões humanas. Eis o que prende a atenção do leitor e provoca o mais vivo interesse. Mas, que espécie de leitor seria este?*

A história de Justine, que se inicia com Os infortúnios da virtude, *é a demonstração plena de que, minimamente falando, Sade concebia de modo diferente sua época e a literatura. Escrevia, assim, para o leitor que pudesse compreendê-lo, que sentisse também que a natureza desperta no homem certas inclinações que ele tem de seguir para o bem da sua espécie e de sua felicidade individual. Sade, nesse sentido, é um dos* devires *da Revolução. Sua empreitada vai além do propalado ideário dessa revolução burguesa e muitas vezes em conflito a ela. É o que o leitor poderá constatar na leitura do opúsculo "Franceses, mais um esforço se quereis ser republicanos", de* A filosofia na alcova.

[3] "Idée sur les romans", in *Les crimes de l'amour*, v. I. Paris: Jean-Jacques Pauvert, 1961.

Com efeito, a operação demolidora do romance sentimental e dos valores religiosos e morais se intensifica nas duas outras versões de Justine, *sobretudo na última. As vozes das heroínas sentimentais são parodiadas na fala das vítimas e o discurso do libertino, suas ações cruéis, passam a dar o tom das narrativas. Este será definitivamente o centro irradiador da enunciação dos romances de Sade.*

O calvário dessa heroína ultrajada que jamais deixa de acreditar em seus ideais virtuosos, que parecem renascer ainda mais firmes a cada crime praticado contra ela, também dotada de incrível vigor, vai demonstrando cada vez mais, nas outras duas versões do romance, o declínio do gênero sentimental, que a literatura de Sade combate e parece decretar a morte.

Justine morre nas três versões do romance. Ela reencontraria sua irmã, a libertina Juliette que se enriquecera e se tornara feliz trilhando o caminho do crime. Durante uma tempestade, um raio atinge a heroína atravessando-a por dentro. O itinerário do raio, porém, muda nas outras versões, e também os requintes de crueldade. Mas o tom de paródia e o "humor negro" de Sade permitem que o leitor familiarizado com suas obras mantenha com o texto uma relação mais distanciada, portanto mais crítica. Se em Os infortúnios da virtude, *e na* Justine *de 1791, o raio atinge o seio da infortunada, desfigurando seu rosto e saindo pela boca, na primeira versão e pelo ventre na segunda, na última e aterradora versão do romance, ele entra pela boca e sai pela vagina, o que ainda provoca um comentário maldoso do libertino Noirceuil, dizendo que se deve elogiar a Deus e que ele é decente, por ter respeitado o traseiro.*

Com a personagem Justine, parece morrer definitivamente todo o modelo da heroína virtuosa que atravessa o século XVIII. A corrente da sensibilidade que traduziu parte do espírito da época ganharia com o Romantismo, posteriormente, um novo impulso, mas o mundo e a literatura jamais voltariam a ser os mesmos.

OS INFORTÚNIOS DA VIRTUDE

O triunfo da Filosofia seria lançar luz sobre a obscuridade dos meios de que se vale a Providência para alcançar os fins a que se propõe para o homem, e traçar de acordo com isso algum plano de conduta que possa fazer esse infeliz indivíduo bípede, perpetuamente sacudido pelos caprichos desta entidade que, assim nos dizem, o dirige tão despoticamente, conhecer o modo como ele deve interpretar os decretos dessa Providência a seu respeito, o caminho que ele deve trilhar para evitar os caprichos bizarros dessa fatalidade à qual se atribuem vinte nomes diferentes sem que se tenha ainda conseguido defini-la.

Se, partindo de nossas convenções sociais e sem jamais nos afastar do respeito a elas que nos inculcam na educação, sói nos acontecer lamentavelmente que, pela maldade dos outros, só tenhamos encontrado espinhos enquanto os maus colhem apenas rosas, pessoas privadas de um lastro de virtude bastante definido para se colocar acima das reflexões proporcionadas por essas tristes circunstâncias não calcularão então que vale mais se deixar levar pela corrente que resistir a ela, não dirão que a virtude, por mais bela que seja, quando fica desgraçadamente enfraquecida demais para lutar contra o vício torna-se o pior partido que se pode tomar, e que num século absolutamente corrompido o mais seguro é fazer como os outros? Um pouco mais instruídos se quisermos, e abusando das luzes que adquiriram, não dirão como o anjo Jesrad de *Zadig* que não há mal do qual não surja um bem; não acrescentarão a isso, por sua conta, que, como na constituição imperfeita de nosso mundo mau a soma dos males iguala à do bem, é essencial para a manutenção do equilíbrio que haja tantos bons quanto maus, e que, consoante com isso, no plano geral dá no mesmo em tal ou tal escolha ser bom ou mau; que se o fato de a infelicidade perseguir a virtude e a prosperidade acompanhar quase sempre o vício tanto faz para os desígnios da natureza, vale infinitamente mais tomar partido entre os maus que prosperam do que entre os virtuosos que sucumbem? É importante, portanto, evitar esses sofismas perigosos da Filosofia, é essencial fazer ver apenas que os exemplos da virtude infeliz, apresentados a uma alma corrompida na qual ainda restam, contudo, alguns bons princípios, podem trazer essa alma para o bem tão certamente quanto se lhe houvessem oferecido neste caminho da virtude os louros mais gloriosos e as mais lisonjeiras recompensas. É certamente cruel ter de pintar uma multiplicidade de infortúnios se abatendo sobre a mulher doce e sensível que mais respeita a virtude, e de outra parte a mais brilhante fortuna a quem a desdenha durante toda sua vida; mas se algum bem resulta, contudo, do esboço desses dois quadros, seria de se recriminar por os ter oferecido ao público? Seria o caso de manifestar algum arrependimento por haver estabelecido um fato do qual resultará, para o sábio que lê com proveito a lição tão útil da submissão aos desígnios da Providência, uma parte do desenvolvimento de seus mais secretos enigmas a advertência fatal de que, frequentemente, para nos reconduzir a nossos deveres, a de que o Céu fulmina ao nosso lado os seres que melhor parecem ter cumprido os seus?

São esses os sentimentos que nos fazem empunhar a pena, e é por consideração a sua boa-fé que pedimos a nossos leitores um pouco de atenção mesclada de interesse pelos infortúnios da triste e miserável Justine.

A senhora condessa de Lorsange era uma dessas sacerdotisas de Vênus, cuja fortuna é a obra de uma figura encantadora, de muita devassidão e velhacaria, e cujos títulos, por mais pomposos que sejam, só se encontram nos arquivos de Citera, forjados pela impertinência que os aceita e sustentados pela tola credulidade que os concede. Morena, muito viva, um belo talhe, olhos negros com uma expressão prodigiosa, espirituosa, e, sobretudo, aquele ar de incredulidade bem da moda que, emprestando uma pitada de sal às paixões, faz buscar com muito mais empenho a mulher na qual se a pressente; ela havia recebido, contudo, a mais brilhante educação possível; filha de um poderoso comerciante da rua Saint-Honoré, havia sido criada com uma irmã três anos mais nova do que ela num dos melhores conventos de Paris, onde, até a idade de quinze anos, nenhum conselho, nenhum mestre, nenhum bom livro, nenhum conhecimento lhe fora recusado. Nessa época fatal para a virtude de uma jovenzinha, tudo lhe faltou num único dia. Uma terrível bancarrota precipitou seu pai numa situação tão cruel que tudo que ele pôde fazer para escapar da mais sinistra das sortes foi atravessar prontamente para a Inglaterra, deixando as filhas com a mulher, que morreu de tristeza oito dias depois da partida do marido. Um ou dois parentes existentes deliberaram sobre o que fariam com as filhas, e, como financeiramente o que sobrara importava em aproximadamente cem escudos para cada uma, a resolução foi de abrir-lhes a porta, dar o que lhes cabia e deixá-las cuidar dos próprios destinos. A senhora de Lorsange, que se chamava então Juliette e cujo caráter e espírito estavam quase tão formados como se tivesse trinta anos, idade que tinha quando transcorre o episódio que narramos, só pareceu sensível ao prazer de estar livre, sem refletir um instante nos cruéis infortúnios que rompiam suas cadeias. Quanto a Justine, sua irmã, que acabava de completar doze anos, de caráter triste e melancólico, dotada de uma ternura e uma sensibilidade surpreendentes, não possuindo para contrapor à arte e ao refinamento da irmã nada além de uma ingenuidade, uma candura, uma boa-fé que a fariam cair em muitas armadilhas, sentiu todo o horror de sua condição. A fisionomia dessa jovem era, em tudo, diferente da de Juliette; o tanto que se via de malícia, picardia, coquetismo nos traços de uma, admirava-se de pudor, delicadeza e timidez na outra. Um ar de virgem, com grandes olhos azuis cheios de curiosidade, uma pele deslumbrante, um talhe esbelto e leve, um tom de voz tocante, dentes de marfim e belos cabelos loiros, tal é o esboço dessa caçula encantadora cujas graças ingênuas e os traços deliciosos eram de um toque fino demais e delicado demais, impossíveis de serem captados pelo pincel que os quisesse retratar.

Deram vinte e quatro horas para ambas deixarem o convento, restando-lhes o cuidado de se arranjarem com seus cem escudos onde bem lhes parecesse. Juliette, encantada por ficar senhora de si, quis por um momento enxugar as lágrimas de Justine, mas ao ver que não o conseguiria, pôs-se a censurá-la em vez de a consolar; disse que ela era uma estúpida, e que com a idade e a aparência que tinham, não havia exemplo de moças morrerem de fome; citou-lhe a filha de uma de suas vizinhas que, havendo fugido da casa paterna, era agora sustentada com fausto por um arrecadador e circulava de carruagem em Paris. Justine horrorizou-se com esse exemplo pernicioso, disse que preferia morrer a segui-lo e recusou-se resolutamente a morar com a irmã tão logo a viu decidida ao gênero de vida abominável que Juliette lhe louvava.

As duas irmãs se separaram então sem qualquer promessa de se rever já que suas intenções se mostravam tão diversas. Juliette que se tornaria (pretendia ela) uma grande dama, consentiria em rever uma garotinha cujas inclinações *virtuosas* e simplórias a iriam comprometer?, e por sua parte, Justine desejaria arriscar seus costumes na companhia de uma criatura pervertida que acabaria vítima da devassidão e do deboche público? Cada uma, então, tomou a iniciativa de procurar o próprio rumo e, como fora imposto, abandonaram o convento no dia seguinte.

Justine, amimada quando criança pela costureira de sua mãe, imaginando que esta mulher seria sensível a sua sorte, foi procurá-la, relatou-lhe sua situação infortunada, pediu-lhe trabalho e foi rudemente rejeitada...

— Oh!, Céus! — lamentou-se a pobre criaturinha — será necessário que o primeiro passo que dou no mundo já me conduza somente aos desgostos... essa mulher me amava outrora, por que então hoje ela me rejeita?... Ai de mim, é que sou órfã e pobre... é que já não tenho recursos no mundo e as pessoas são estimadas apenas em razão da ajuda, ou dos agrados que se imagina receber delas.

Justine, diante disso, foi procurar o cura de sua paróquia a quem pediu conselhos, mas o caridoso eclesiástico lhe respondeu de maneira equívoca que a paróquia estava sobrecarregada, que lhe seria impossível compartilhar das esmolas, que, portanto, se ela quisesse servi-lo, ele a alojaria de bom grado em sua casa; mas como, ao dizer isso, o santo homem havia lhe passado a mão sob o queixo dando-lhe um beijo por demais mundano para um homem de Igreja, Justine, que o havia compreendido perfeitamente, retirou-se às pressas, dizendo:

— Senhor, não vos peço nem esmola, nem uma posição de criada, há muito pouco tempo que deixo um estado acima deste que permite solicitar esses dois favores por estar na presente condição; eu vos peço os conselhos de que minha juventude e minha infelicidade necessitam, e vós quereis me fazer comprá-los com um crime...

O cura revoltado com esse pronunciamento abre a porta, expulsa-a brutalmente, e Justine, duas vezes rejeitada já no primeiro dia em que está condenada ao desamparo, entra numa casa na qual vê um cartaz, aluga um quartinho mobiliado, faz o pagamento adiantado, e ali se abandona livremente à tristeza que lhe inspiram sua condição e a crueldade dos poucos indivíduos com os quais sua má estrela a obrigou lidar.

O leitor nos permitirá abandoná-la por algum tempo nesse reduto escuro para voltar a Juliette e se inteirar, com a maior brevidade possível, como, do estado de penúria em que a vemos partir, ela se tornou em quinze anos uma mulher de posses, dona de mais de trinta mil libras de rendas, belíssimas joias, duas ou três casas no campo e em Paris, e, neste momento, desfrutando o coração, a riqueza e a confiança do senhor de Corville, conselheiro de Estado, homem da maior influência e às vésperas de entrar no ministério... A estrada foi espinhosa... disso certamente não se duvida, é pelo aprendizado mais vergonhoso e mais duro que essas senhoritas fazem seu caminho, e há quem esteja hoje no leito de um príncipe que talvez ainda traga em si as marcas humilhantes da brutalidade dos libertinos depravados em cujas mãos seus primeiros passos, sua juventude e sua inexperiência a jogaram.

Saindo do convento, Juliette foi diretamente à procura de uma mulher que havia escutado aquela amiga de sua vizinhança dizer que se havia pervertido e cujo endereço havia guardado; ela chega lá impudentemente com seu embrulho embaixo do braço, um vestidinho desalinhado, o mais lindo rosto do mundo, e uma aparência bem escolar; ela conta sua história a essa mulher, suplica-lhe que a proteja como fez alguns anos atrás com sua velha amiga.

— Que idade tens, minha criança? — pergunta-lhe a senhora Du Buisson.

— Quinze anos em alguns dias, senhora.

— E nunca ninguém...

— Oh não, senhora, eu juro.

— Mas é que às vezes nesses conventos um esmoler... uma religiosa, uma camarada... preciso de provas seguras.

— Estou ao seu dispor para as procurar, senhora...

E a Du Buisson, tendo empoleirado um par de óculos no nariz e verificado por si mesma o estado exato das coisas, diz a Juliette:

— Pois bem, minha criança, podes ficar aqui, muita obediência a meus conselhos, uma boa dose de complacência com minhas práticas, limpeza, economia, candura comigo, polidez com vossas companheiras e esperteza com os homens, dentro de alguns anos eu te deixarei em condição de se aposentar num quarto com cômoda, tremó, uma criada, e a arte que tiveres adquirido comigo te proporcionará meios de obter o resto.

A Du Buisson tomou o pequeno embrulho de Juliette, perguntou-lhe se ela não tinha algum dinheiro, e esta havendo confessado, muito francamente, que tinha cem escudos, a querida mamãe se apoderou deles assegurando à jovem aluna que colocaria este pequeno fundo para render, mas que uma moça não precisava de dinheiro... ele era um meio de fazer mal e, num século tão corrompido, uma garota inteligente e bem nascida devia evitar com zelo tudo que a pudesse fazer cair em alguma armadilha. Terminado esse sermão, a recém-chegada foi apresentada a suas companheiras, indicaram-lhe seu quarto na casa, e, a partir do dia seguinte, suas primícias foram colocadas à venda; num espaço de quatro meses, a mesma mercadoria foi sucessivamente vendida a oitenta pessoas que a pagaram como nova, e foi só no fim desse espinhoso noviciado que Juliette recebeu patentes de irmã conversa. A partir desse momento, ela foi realmente reconhecida como menina da casa e partilhou suas fadigas libidinosas... outro noviciado; se em um, de certa maneira, Juliette havia servido à natureza, ela esqueceu-lhe as leis no segundo: requintes criminosos, prazeres vergonhosos, devassidões veladas e escabrosas, gostos escandalosos e bizarros, fantasias humilhantes, e tudo isso acabou, de um lado, no desejo de gozar sem arriscar a saúde, de outro, numa saciedade perniciosa que incendiando a imaginação, só lhe permite se extinguir nos excessos e se saciar nas dissoluções... Juliette corrompeu completamente seus hábitos nessa segunda escola e os triunfos que viu o vício alcançar degradaram por completo sua alma; ela sentiu que, nascida para o crime, ao menos devia ir ao grande, e renunciar a enlanguescer num estado subalterno que a fazendo cometer as mesmas faltas, a aviltando igualmente, não lhe trazia nem de longe o mesmo lucro. Ela agradou a um velho senhor muito devasso que de início só a havia convocado para a aventura de um quarto de hora, teve a arte de ser mantida magnificamente e comparecer enfim aos espetáculos, aos passeios ao lado dos cavaleiros da ordem de Citera. Olhavam-na, citavam-na, invejavam-na, e a velhaca soube se desempenhar tão bem que em quatro anos extorquiu três homens, o mais pobre deles possuía cem mil escudos de rendimentos. Não foi preciso mais para construir a sua reputação; é tal a cegueira da gente do século que quanto mais uma dessas infelizes prova sua desonestidade, mais se inveja estar na sua lista, como se o grau de sua vilania e de sua corrupção se tornasse a medida dos sentimentos que se ousa nutrir por ela.

Juliette acabava de completar vinte anos quando um conde de Lorsange, cavalheiro angevino perto dos quarenta anos, ficou de tal maneira apaixonado por ela que, não sendo bastante rico para mantê-la, resolveu dar-lhe o seu nome; ele conferiu-lhe uma renda de doze mil libras, assegurou-lhe o resto de sua fortuna que chegava a oito, se viesse a morrer antes dela, deu-lhe uma casa, criadagem, libré, e uma espécie de consideração no mundo que, em dois ou três anos, veio a se esquecer de seus começos. Foi aí que a infeliz Juliette, esquecendo todos os sentimentos de sua origem honrada e sua boa educação, pervertida por más libras e maus conselhos, com pressa de desfrutar sozinha, ter um nome, e nenhum grilhão, ousou se entregar ao pensamento condenável de abreviar os dias de seu marido... Ela o concebeu e o executou em grande segredo, infelizmente, para se colocar ao abrigo das perseguições, e para sepultar com esse esposo que a aborrecia todos os vestígios de sua abominável perversidade.

De novo livre e agora condessa, a senhora de Lorsange retomou seus hábitos antigos mas, acreditando-se alguma coisa no mundo, emprestou-lhes um pouco mais de decência; ela já não era uma moça mantida, era uma viúva rica que oferecia ótimos jantares, em cuja casa a cidade e a corte se sentiam muito contentes de serem admitidas, e que, no entanto, se deitava por duzentos luíses e se entregava por quinhentos por mês. Até os vinte e seis anos ela ainda fez conquistas brilhantes, sangrou três embaixadores, quatro arrecadadores, dois bispos e três cavaleiros das ordens do rei, e como é raro parar após um primeiro crime, sobretudo quando ele deu certo, Juliette, a infeliz e condenável Juliette, manchou-se com dois novos crimes semelhantes ao primeiro, um para roubar um de seus amantes que lhe havia confiado uma quantia considerável que toda a família desse homem ignorava e que a senhora de

Lorsange pôde embolsar com esse crime odioso, o outro para receber mais cedo um legado de cem mil francos que um de seus adoradores havia colocado em seu testamento a seu favor em nome de um terceiro que devia lhe entregar a soma por uma pequena retribuição. A esses horrores, a senhora de Lorsange juntou dois ou três infanticídios; o temor de estragar seu belo talhe, o desejo de ocultar uma dupla ligação amorosa secreta, tudo isso a levou a tomar a resolução de abortar várias vezes, e esses crimes, ignorados como os outros, não impediram essa criatura astuta e ambiciosa de encontrar diariamente novos otários e engrossar a todo momento sua fortuna enquanto acumulava seus crimes. Infelizmente, é uma verdade irrefutável que a prosperidade pode acompanhar o crime e que no seio mesmo da desordem e da corrupção mais deliberada, tudo que os homens chamam de felicidade pode dourar o curso da vida; mas que esta cruel e fatal verdade não assuste, que esta da qual em breve daremos exemplo, do infortúnio ao contrário perseguindo a virtude, não atormente mais a alma das pessoas decentes. Essa prosperidade do crime é apenas aparente; independentemente da Providência que deve inevitavelmente punir tais sucessos, o culpado nutre no fundo do coração um verme que, roendo-o sem parar, o impede de desfrutar daquele halo de felicidade que o cerca deixando em seu lugar apenas a lembrança dilacerante dos crimes que lha proporcionaram. Com respeito ao infortúnio que atormenta a virtude, o infeliz que a sorte persegue tem por consolo sua consciência, e os gozos secretos que retira de sua pureza logo o recompensam pela injustiça dos homens.

Tal era, pois, o estado de coisas da senhora de Lorsange quando o senhor de Corville, de cinquenta anos de idade e desfrutando do crédito que descrevemos mais acima, resolveu sacrificar-se por completo a essa mulher, e prendê-la definitivamente a ele. Seja pela atenção, as atitudes, a sabedoria da senhora de Lorsange, ele chegara até ela e havia quatro anos que ela vivia como sua esposa legítima, quando uma terra soberba que havia acabado de adquirir perto de Montargis os fez decidir passar ali alguns meses do verão. Certa noite do mês de junho em que a beleza do tempo os animara a um passeio até a cidade, fatigados demais para retornarem da mesma maneira, eles haviam entrado num albergue onde a carruagem de Paris faz parada, com a intenção de enviar dali um homem a cavalo para lhes buscar um veículo no castelo; eles repousavam numa sala baixa e fresca de frente para o pátio quando a carruagem há pouco mencionada entrou no albergue. É uma diversão natural observar viajantes; não há pessoa que num momento de ociosidade não a pratique quando ela se apresenta; a senhora de Lorsange levantou-se, seu amante a seguiu, e eles viram entrar no albergue todo o grupo viajante. Parecia não haver mais ninguém no veículo quando um guarda de cavalaria, descendo do cesto recebeu nos braços, de um de seus camaradas igualmente aninhado no mesmo lugar, uma moça de vinte e seis a vinte e sete anos, envolvida num mantelete de chita em mau estado e amarrada como uma criminosa. A um grito de horror e de surpresa que escapou da senhora de Lorsange, a jovem se virou e deixou ver feições tão doces e tão delicadas, um talhe tão esbelto e tão elegante que o senhor de Corville e sua amante não puderam conter o interesse por essa miserável criatura. O senhor de Corville se aproxima e pergunta a um dos cavaleiros o que fez essa infortunada.

— Por Deus, senhor — respondeu o aguazil — acusam-na de três ou quatro crimes enormes, trata-se de roubo, de assassinato e de incêndio, mas eu vos confesso que meu camarada e eu jamais conduzimos criminosa com tanta repugnância; é a criatura mais doce e que parece a mais honesta...

— Ah, ah — diz o senhor de Corville — não poderia haver aí algum desses equívocos comuns aos tribunais inferiores? E onde se cometeu o delito?

— Num albergue a três léguas de Lyon, foi Lyon que julgou, ela vai a Paris para a confirmação da sentença, e voltará para ser executada em Lyon.

A senhora de Lorsange que havia se aproximado e ouvia o relato, manifestou em voz baixa ao senhor de Corville o desejo que tinha de ouvir da boca da moça a história de seus infortúnios e o senhor de Corville, que também alimentava o mesmo desejo, comunicou-o aos condutores da moça, apresentando-se a eles; como estes não fizeram nenhum reparo, resolveu-se passar a noite em Montargis, pediu-se um apartamento cômodo ao lado do qual houvesse um para os cavaleiros, o senhor de Corville se responsabilizou pela prisioneira, a desamarraram, ela passou para os aposentos do senhor de Corville e da senhora de Lorsange, os guardas jantaram e se acomodaram perto, e enquanto se fazia essa infeliz ingerir um pouco de comida, a senhora de Lorsange, que não conseguia se impedir de tomar o mais vivo interesse por ela, e que sem dúvida se dizia: "Esta miserável criatura talvez inocente é tratada como uma criminosa, ao passo que tudo prospera ao redor de mim — de mim que seguramente o sou mais do que ela" — a senhora de Lorsange, digo, tão logo viu a moça um pouco recomposta, um pouco consolada pelas demonstrações de afeto que lhe faziam e de interesse que pareciam nutrir por ela, a exortou a contar por quais eventos com uma aparência tão honesta e tão sábia ela se encontrava numa circunstância tão funesta.

— Contar-vos a história de minha vida, senhora — disse a bela infortunada dirigindo-se à condessa — é vos oferecer o exemplo mais chocante dos infortúnios da inocência. É acusar a Providência, é se lamentar dela, é uma espécie de crime e eu não ouso...

Lágrimas abundantes rolaram dos olhos dessa pobre moça, e após dar-lhes curso por um instante, ela começou seu relato nestes termos.

— Permiti-me ocultar meu nome e minha origem, senhora; sem ser ilustre, ela é honrada, e eu não estava destinada à humilhação da qual nasceu a maior parte de meus infortúnios. Tendo perdido meus pais com pouca idade, acreditei, com o pouco de recursos que eles me deixaram, poder encontrar um local honesto e recusando constantemente todos aqueles que não o eram, consumi sem me dar conta o pouco que me coubera; quanto mais pobre eu ficava, mais era desprezada; quanto mais necessidade de ajuda eu tinha, menos esperava obtê-la ou mais ela me era oferecida por indignos e ignominiosos. De todas as agruras que experimentei nessa infeliz situação, de todas as propostas horríveis que me foram feitas, citarei apenas a que me chegou na casa do senhor Dubourg, um dos arrecadadores mais ricos da capital. Haviam-me encaminhado a ele como um dos homens cujo crédito e riqueza poderiam mais seguramente abrandar a minha sorte, mas os que me haviam dado esse conselho, ou quiseram me enganar, ou não conheciam a rigidez da alma desse homem e a depravação de seus costumes. Depois de ter esperado por duas horas em sua antecâmara, introduziram-me enfim; o senhor Dubourg, pessoa dos seus quarenta e cinco anos, acabava de sair do leito envolvido num roupão folgado que mal escondia a sua desordem; preparavam-se para penteá-lo, ele mandou seu criado de quarto se retirar e me perguntou o que eu desejava.

— Ai de mim, senhor — eu respondi-lhe — sou uma pobre órfã que ainda não atingiu os quatorze anos de idade e já conhece todas as nuances do infortúnio. Eu lhe detalhei então meus contratempos, a dificuldade de encontrar uma colocação, a infelicidade que tivera de comer o pouco que possuía para procurá-lo, as recusas recebidas, os esforços que fizera para encontrar trabalho fosse numa oficina fosse em meu quarto, e a esperança de que ele me facilitaria os meios de viver.

Depois de me escutar com muita atenção, o senhor Dubourg me perguntou se eu havia sido sempre ajuizada.

— Eu não estaria tão pobre e em tantas dificuldades, senhor — disse-lhe eu — se não o tivesse sido.

— Minha filha — disse-me ele depois disso — e a que título pretendes que a opulência a conforte quando não lhe servirás de nada?

— Servir, senhor, é tudo que eu peço.

— Os serviços de uma menina como tu são pouco úteis numa casa e não são esses que eu concebo. Não tens nem idade, nem modos para prestá-los como pedis, mas podes com um rigorismo menos ridículo pretender uma sorte razoável com todos os libertinos. E é a isso somente que deves te aplicar. Essa virtude que tanto alardeias de nada serve no mundo. Por mais que a alardeies, não encontrarás um copo de água em cima. Gente como nós que raramente dá esmolas, isto é, esta uma das coisas a que menos nos entregamos e que mais nos repugna, quer ser ressarcida pelo dinheiro que tira do bolso, e o que uma menina como tu pode dar em reconhecimento por sua ajuda senão a entrega mais absoluta de tudo que se queira exigir-lhe?

— Oh, senhor, então não há mais nem bondade, nem sentimentos honrados no coração dos homens?

— Muito pouco, minha menina, muito pouco. Renunciou-se a essa mania de obsequiar gratuitamente os outros. O orgulho talvez se lisonjeasse por um instante com isso, mas como não existe nada tão quimérico e tão logo dissipado como esses prazeres, desejaram-se os mais reais, e sentiu-se que com uma menina como vós, por exemplo, era infinitamente mais valioso retirar como fruto de seus avanços todos os prazeres que a libertinagem pode dar do que se orgulhar de lhe haver dado a esmola. A reputação de um homem liberal, esmoler, generoso, não vale para mim a mais leve sensação dos prazeres que podeis me dar, meio que de acordo a esse respeito com quase toda gente de meus gostos e de minha idade, concordareis, minha criança, em que eu só vos auxilie em razão de vossa obediência a tudo que me aprouver exigir de ti.

— Quanta dureza, senhor, quanta dureza! Credes que o Céu não vos punirá?

— Aprende, pequena noviça, que o Céu é a coisa que menos nos interessa no mundo; quer te agrade ou não o que fazemos sobre a terra, isto é a coisa que menos nos inquieta; muito certos de seu precário poder sobre os homens, nós o afrontamos diariamente sem estremecer e nossas paixões só têm verdadeiro charme quando mais transgridem suas intenções ou ao menos as que os idiotas nos asseguram que o são, mas que não passam, no fundo, do grilhão ilusório cuja impostura quis subjugar o mais forte.

— Ora senhor, com tais princípios, é preciso então que a infeliz pereça.

— E daí? Tem gente em excesso na França. O governo que vê tudo grande se preocupa muito pouco com indivíduos, contanto que a máquina se preserve.

— Mas acreditais que os filhos respeitam o pai quando são maltratados por ele?

— De que serve a um pai que tem filhos em excesso o amor dos que em nada lhe ajudam?

— Melhor seria que nos houvessem estrangulado ao nascer.

— Mais ou menos, mas deixemos essa política da qual não deves compreender nada. Por que se queixar da sorte que só depende de ti para dominar?

— A que preço, justo Céu!

— Ao de uma quimera, de uma coisa que não tem outro valor senão o que teu orgulho lhe atribui... mas deixemos também essa tese e ocupemo-nos apenas do que nos diz respeito aqui aos dois. Dás muita importância a essa quimera, não é, e eu muito pouca, razão porque eu ta abandono; os deveres que te imporei, e para os quais receberás uma retribuição justa, sem ser excessiva, serão de um gênero completamente diferente. Eu te apresentarei a minha governanta, tu a servirás, e todas as manhãs, diante de mim, ora essa mulher ora meu criado de quarto te submeterá...

Oh, senhora, como vos contar essa execrável proposta? Humilhada demais de ouvi-lo fazê-la, aturdida por assim dizer, no instante em que se pronunciavam as palavras... envergonhada demais para as repetir, vossa bondade consentirá em supri-las... O cruel, ele me havia nomeado os sumos sacerdotes, e eu devia servir de vítima...

— Eis tudo o que posso fazer por ti, minha criança — continuou esse vilão levantando-se com indecência — e ainda não te prometo para essa cerimônia, sempre muito prolongada e muito escabrosa, mais que uma permanência de dois anos. Tens quatorze; aos dezesseis ficarás livre para procurar fortuna alhures, e até lá serás vestida, alimentada e receberás um luís por mês. É muito justo; eu não dava tanto àquela que substituirás. É verdade que ela não possuía como tu essa virtude intacta que tanto prezas, e que eu avalio, como vês, em cerca de cinquenta escudos por ano, quantia superior à que recebia tua antecessora. Reflete bem nisso, pensa sobretudo no estado de miséria em que te recebo, imagina que no infortunado país onde estás, é preciso que os que não têm do que viver sofram para ganhá-lo, que a exemplo deles sofrerás, eu concordo, mas ganharás muito mais do que a maioria deles.

Os propósitos indignos desse monstro haviam inflamado suas paixões, ele me agarrou brutalmente pela gola do meu vestido e me disse que ele próprio, nesta primeira vez, me faria ver do que se tratava... Mas minha infelicidade me emprestou coragem e forças, consegui me desvencilhar, e me lançando para a porta:

— Homem odioso — eu lhe disse, me esquivando — que o Céu que tão cruelmente ofendes possa um dia vos punir como mereceis por vossa odiosa barbárie, não sois digno nem das riquezas das quais fazeis uso tão vil, nem do ar mesmo que respirais num mundo que vossas ferocidades conspurcam.

Eu retornava para minha moradia absorta nas tristes e sombrias reflexões que a crueldade e a corrupção dos homens necessariamente produzem, quando um raio de prosperidade pareceu brilhar por um instante diante de meus olhos. A mulher onde me alojava, e que conhecia minhas desgraças, veio me dizer que havia descoberto enfim uma casa onde me receberiam com prazer contanto que eu me comportasse bem.

— Por Deus, senhora — disse-lhe eu abraçando-a com efusão — essa a condição é que eu mesma procurava, julgai se não a aceito com prazer.

O homem a quem devia servir era um velho usurário que, diziam, enriquecera não só emprestando a juros, mas inclusive roubando impunemente qualquer um sempre que acreditasse poder fazê-lo com segurança. Ele morava na rua Quincampoix, num primeiro andar, com uma velha amante a quem chamava de sua mulher e era ao menos tão perversa como ele.

— Sophie — disse-me esse avaro, Sophie era o nome que eu havia escolhido para ocultar o meu — a primeira virtude que é preciso ter na minha casa é a probidade... se em algum momento subtraíres daqui a décima parte de um dinheiro, eu farei com que te enforquem, percebes, Sophie, mas que enforquem até não poderes mais voltar. Se minha mulher e eu gozamos de algumas comodidades, isto é o desfecho de nossos esforços imensos e de nossa profunda sobriedade... Comes muito, minha criança?

— Algumas onças de pão por dia, senhor — respondi-lhe — água, e um pouco de sopa quando tenho a felicidade de a conseguir.

— Sopa, com os demônios, sopa... olha, minha amiga — diz o velho avaro a sua mulher — lamenta os progressos do luxo. Faz um ano que isto procura posição, isto morre de fome faz um ano e isto quer comer sopa. Nós apenas o fazemos uma vez nos domingos, nós que trabalhamos como forçados por quarenta anos. Terás três onças de pão por dia, minha menina, meia garrafa de água do rio, um velho vestido de minha mulher a cada dezoito meses para fazeres saias para ti e três escudos de soldada ao fim do ano se ficarmos contentes com teus serviços, se tua economia corresponder à nossa e se fizeres enfim, com a ordem e a arrumação, prosperar um pouco a casa. Nosso serviço é pouca coisa, estás sozinha, trata-se de esfregar e limpar três vezes por semana este apartamento de seis peças, fazer a cama de minha mulher e a minha, atender à porta, empoar minha peruca, pentear minha mulher, cuidar do cachorro, do gato e do papagaio, trabalhar na cozinha, limpar ali os utensílios usados ou não, ajudar minha mulher quando ela nos prepara um bocado para comer, e empregar o resto do dia a fazer lençóis, meias, toucas e outros pequenos objetos caseiros. Verás que isso não é nada, Sophie, te restará bastante tempo para ti. Nós te permitiremos empregá-lo por tua conta e também fazer para teu uso os lençóis e as roupas de que possas ter necessidade.

Imagineis facilmente, senhora, que era preciso se encontrar no estado de miséria em que eu estava para aceitar esse lugar. Não só havia infinitamente mais trabalho que minha idade e minhas forças permitiriam empreender, mas como poderia eu viver com o que me ofereciam? Entretanto eu não quis me fazer de difícil, e fui instalada naquela mesma tarde.

Se a cruel situação em que me vejo, senhora, me permitisse pensar em vos divertir um instante quando não devo pensar senão em comover vossa alma em meu favor, ouso crer que vos distrairei contando todos os traços de avareza que testemunhei naquela casa, mas uma catástrofe tão terrível para mim me aguardava no segundo ano, que me é bastante difícil quando reflito nisso, vos oferecer alguns detalhes agradáveis antes de vos contar essa desgraça. Sabereis, contudo, senhora, que jamais se usava luz naquela casa; o apartamento do amo e da amante, afortunadamente virado de frente para o candeeiro da rua, os dispensava de recorrer a outros recursos e jamais outra claridade lhes serviu para se meter no leito. Quanto à roupa de baixo, eles não a usavam absolutamente, havia nas mangas da veste do senhor, assim como nas do vestido da senhora, um velho par de punhos costurado na ponta do tecido e que eu lavava todos os sábados à tarde para que estivessem em condição no domingo; nada de toalhas, nada de pratos e tudo isso para evitar a lavagem, cara demais numa casa, de acordo com o senhor Du Harpin, meu respeitável amo. Não se bebia vinho na casa, a água pura era, dizia a senhora Du Harpin, a bebida natural de que se serviram os primeiros homens, e a única que nos indica a natureza; todas as vezes que se cortava o pão, colocava-se um cesto embaixo para recolher o que caísse, ali se juntando com precisão todas as migalhas que pudessem sobrar das refeições, e tudo isso era frito no domingo com um pouco de manteiga rançosa compondo o prato de banquete desse dia de repouso. Não se devia jamais bater as roupas nem os móveis por receio de gastá-los, mas sim espaná-los de leve com um espanador de penas; os sapatos do senhor e da senhora eram revestidos de ferro e os dois esposos guardavam ainda com veneração o que lhes havia servido no dia de suas núpcias; mas uma prática muito mais bizarra era a que me faziam exercer regularmente uma vez na semana. Havia no apartamento um gabinete muito grande cujas paredes não eram forradas; era preciso que com uma faca eu fosse raspar uma certa quantidade do estuque dessas paredes, que em seguida eu passava por uma peneira fina, e o que resultava dessa operação virava o pó de toalete com o qual eu ornamentava a cada manhã a peruca do senhor e o coque da senhora. Prouvesse Deus que essas torpezas tivessem sido as únicas a que se entregava essa gente vil; nada mais natural que o desejo de conservar seus bens, mas o que não o é tanto, é a inveja de duplicá-los com os de outrem e não demorei muito tempo para perceber que não era outra maneira pela qual o senhor Du Harpin enriquecia. Vivia acima de nós um indivíduo muito bem de vida, possuidor de muitas joias bonitas e cujos bens, seja por causa da vizinhança, seja por lhe ter talvez passado pelas mãos, eram bem conhecidos de meu amo. Eu o ouvia com frequência lamentar com a mulher uma certa caixa de ouro de trinta a quarenta luíses que lhe teria infalivelmente sobrado, dizia, se o seu procurador houvesse tido um pouco mais de inteligência; para se consolar enfim de haver entregado a caixa, o honesto senhor Du Harpin planejou roubá-la e foi a mim que encarregaram do negócio.

Depois de me fazer um grande discurso sobre a indiferença do roubo, sobre a utilidade até que ele tinha na sociedade pois restabelecia uma espécie de equilíbrio que a desigualdade das riquezas desorganizava totalmente, o senhor Du Harpin me entregou uma chave falsa, me garantiu que ela abriria o apartamento do vizinho, que eu encontraria a caixa numa escrivaninha que jamais era fechada, que eu a traria sem nenhum perigo e que por um serviço tão simples eu receberia durante dois anos um escudo a mais sobre meu ordenado.

— Oh, senhor — exclamei — será possível que um amo ouse assim corromper sua doméstica? Quem me impedirá de fazer se voltar contra vós as armas que me colocais na mão e que objeção razoável poder-me-eis fazer se vos roubo segundo vossos princípios?

O senhor Du Harpin, muito espantado com a minha resposta, sem ousar insistir mais, mas guardando um rancor secreto, disse que o que fazia era para me pôr à prova, que eu fora bastante feliz por ter resistido a essa oferta insidiosa de sua parte e que eu seria uma moça enforcada se houvesse sucumbido. Esta resposta me gratificou, mas senti desde então os infortúnios que me ameaçavam por semelhante proposta e o quanto fora errado respondê-la com tanta firmeza. Não havia, contudo, um meio termo, ou teria de praticar o crime de que me falavam, ou teria de rejeitar com idêntica firmeza a proposta;

com um pouco mais de experiência eu teria abandonado a casa naquele instante, mas já estava escrito na página de meu destino que cada movimento honesto a que me conduziria meu caráter, devia ser pago com uma desgraça, era-me preciso, portanto, sofrer minha sorte sem que pudesse escapar.

O senhor Du Harpin deixou passar quase um mês, isto é, até quase a época de completar o segundo ano de minha estada em sua casa, sem dizer uma palavra e sem manifestar o mais leve ressentimento pela recusa que eu lhe dera, quando, uma tarde, terminados meus afazeres, tendo acabado de me recolher ao quarto para gozar algumas horas de repouso, ouvi minha porta ser subitamente empurrada para dentro e vi, não sem pavor, o senhor Du Harpin guiando um comissário e quatro soldados da patrulha até perto do meu leito.

— Cumpri vosso dever, senhor — disse ele ao homem da lei — esta desgraçada me roubou um diamante de mil escudos, vós o encontrareis em seu quarto ou com ela, isto é inevitável.

— Eu vos ter roubado, senhor — disse eu encolhendo-me, absolutamente perturbada, no fundo do leito — senhor, ah quem sabe melhor do que vós o quanto semelhante ação me repugna e a impossibilidade de que eu a tenha cometido!

Mas o senhor Du Harpin, fazendo muito barulho para minhas palavras não serem ouvidas, continuou ordenando as buscas, e o desgraçado anel foi encontrado em um de meus colchões. Contra provas dessa força era inútil replicar e fui no mesmo instante agarrada, amarrada e conduzida de maneira ignominiosa à prisão do tribunal sem que me fosse possível fazer ouvir uma palavra de tudo que pude dizer em minha justificação.

O processo de uma infeliz que não tem crédito nem proteção transcorre com rapidez na França. Ali se acredita que a virtude é incompatível com a miséria, e o infortúnio em nossos tribunais é uma prova absoluta contra o acusado; uma prevenção injusta faz crer que aquele que deveria cometer o crime o cometeu, os sentimentos ali se medem sobre o estado no qual as pessoas se encontram e desde que títulos ou fortuna não provem que deveis ser honesto, a impossibilidade de que o sejais fica prontamente demonstrada.

Em vão me defendi, em vão forneci os melhores meios ao advogado de ofício que me concederam por um momento, meu amo me acusava, o diamante havia sido encontrado em meu quarto, estava claro que eu o havia roubado. Quando quis mencionar o caráter hediondo do senhor Du Harpin e provar que a desgraça que me sucedia era tão-somente uma decorrência da vingança e da vontade que ele tinha de se desfazer de uma criatura que, possuidora de seu segredo, tornava-se dona de sua reputação, trataram-se essas queixas como recriminações, disseram-me que o senhor Du Harpin era conhecido havia quarenta anos como homem íntegro e incapaz de tamanho horror, e eu me vi prestes a pagar com a vida a recusa que fizera de participar de um crime, quando um acontecimento inesperado, ao me tornar livre, veio mergulhar-me uma vez mais em novos infortúnios que ainda me esperavam no mundo.

Uma mulher de quarenta anos a quem chamavam a Dubois, célebre por horrores de toda sorte, também estava prestes a receber uma pena de morte, mais merecida ao menos do que a minha, pois seus crimes eram constatados, e era impossível atribuir-me algum. Eu havia inspirado uma espécie de interesse nessa mulher; certa tarde, poucos dias antes daquele em que ambas deveriam perder a vida, ela me disse para não dormir e para confiar nela sem hesitação, o mais perto que pudesse das portas da prisão.

— Entre a meia-noite e uma hora, prosseguiu essa feliz celerada, a casa pegará fogo... será obra de meus cuidados, talvez alguém se queime, pouco importa, o certo é que nós nos salvaremos; três homens, meus cúmplices e meus amigos, se reunirão a nós e eu te devolvo a liberdade.

A mão do Céu que acabava de punir a inocência em mim serviu o crime em minha protetora, o fogo começou, o incêndio foi pavoroso, dez pessoas ficaram queimadas, mas nós nos salvamos; no mesmo dia alcançamos a choupana de um caçador furtivo da floresta de Bondy, espécie de velhaco diferente, mas amigo íntimo de nosso bando.

— Estás livre, minha cara Sophie, disse-me então a Dubois, agora podes escolher o gênero de vida que te aprouver, mas se tenho um conselho para te dar, é o de renunciares a práticas de virtude que, como vês, nunca deram certo; um escrúpulo fora de lugar conduziu-te ao pé do cadafalso, um crime pavoroso, salva-te dele; olha para que serve o bem no mundo e se vale a pena se imolar por ele. És jovem e bonita, eu me encarrego de tua sorte em Bruxelas se quiseres; vou para lá, é minha pátria; em dois anos eu te ponho no cume, mas te advirto que não será pelos caminhos estreitos da virtude que te conduzirei à fortuna; é preciso em tua idade empreender mais de um ofício, e servir a mais de uma intriga quando se quer fazer prontamente seu caminho... Tu me entendes, Sophie... me entendes, decide-te pois depressa, porque é preciso ganhar o campo, aqui só estaremos em segurança por poucas horas.

— Oh senhora, disse eu a minha benfeitora, sou profundamente grata a vós, me haveis salvado a vida, estou desesperada sem dúvida, pois isso se deveu a um crime e podeis estar segura de que se me fosse preciso participar dele, eu preferiria morrer a fazê-lo. Bem sei eu quantos perigos corri por ter me abandonado aos sentimentos de honestidade que germinaram sempre em meu coração, mas quaisquer que possam ser os espinhos da virtude, eu os preferirei sempre aos falsos vislumbres de prosperidade, perigosos favores que acompanham um instante de crime. Professo em mim ideias de religião que graças ao Céu não me abandonarão jamais. Se a Providência me torna penoso o curso da vida, é para me compensar mais amplamente num mundo melhor; essa esperança me consola, ela mitiga todos meus pesares, ela aplaca minhas queixas, ela me fortifica na adversidade e me faz afrontar todos os males que lhe aprouver me causar. Essa alegria se extinguiria prontamente em meu coração se eu viesse a conspurcá-la com crimes, e com o temor de desgraças ainda mais terríveis neste mundo eu teria o aspecto pavoroso dos castigos que a justiça celeste reserva no outro aos que a ultrajam.

— Estes são sistemas absurdos que te conduzirão sem demora ao hospício, minha filha, disse a Dubois franzindo o cenho, creia-me, deixa para lá a justiça celeste, teus castigos ou tuas recompensas futuras, tudo isso só serve para se esquecer quando se sai da escola ou para fazer morrer de fome quando se comete a estupidez de acreditar nisso quando já se saiu para sempre. A inclemência dos ricos legitima a velhacaria dos pobres, minha criança; pois se a sua bolsa se abrisse para nossas carências, se a humanidade reinasse em seu coração, as virtudes poderiam se estabelecer no nosso, mas na medida em que nosso infortúnio, nossa paciência, nossa boa-fé, nossa sujeição servirão tão somente para duplicar nossos grilhões, nossos crimes serão obra deles e seríamos muito trouxas de no-los recusar para amenizar um pouco o jugo que eles nos impõem. A natureza fez nascerem todos iguais, Sophie; se a sorte se diverte em desorganizar este primeiro plano das leis gerais, cabe-nos corrigir seus caprichos e reparar com nossa sagacidade as usurpações dos mais fortes... Gosto de ouvi-los, esses ricos, esses juízes, esses magistrados, gosto de os ver pregando-nos a virtude; é bem difícil se abster do roubo quando se tem três vezes mais do que se precisa para viver, bem difícil jamais conceber o assassinato quando se está cercado de aduladores ou de escravos submissos, imensamente penoso, na verdade, ser moderado e sóbrio quando a volúpia os embriaga e as iguarias mais suculentas os rodeiam, e eles dão-se ao trabalho de ser francos quando não se lhes apresenta nenhum interesse em mentir. Mas nós, Sophie, nós que essa Providência bárbara que cometes a loucura de idolatrar condenou a rastejar sobre a terra como a serpente sobre a erva, nós a quem só nos olham com desdém porque somos pobres, que humilham porque somos fracos, nós enfim que só encontramos em toda a superfície do globo o fel e os espinhos, queres que nos resguardemos do crime quando somente a sua mão abre a porta da vida, nos mantém nela, nos conserva nela, ou nos impede de perdê-la; queres que, perpetuamente submetidos e humilhados, enquanto essa classe que nos domina tem para si todos os benefícios da fortuna, nós tenhamos apenas para nós a pena, a prostração, a dor, a carência e as lágrimas, a vergonha e o cadafalso! Não, não, Sophie, não, ou essa Providência que reverencias merece apenas a nosso desprezo, ou não são essas suas intenções... Conhece-a melhor, Sophie, conhece-a melhor e convence-te de que, como ela nos coloca numa situação em que o mal se nos faz necessário, e que nos deixa ao mesmo tempo a possibilidade de exercê-lo, é que esse mal serve a suas leis como o bem e que a ela tanto faz um como o outro. O estado em que ela nos cria é a igualdade, aquele que o contraria não é mais culpável do que o que procura restabelecê-lo, ambos agem de acordo com impulsos recebidos, ambos os devem seguir, colocar uma venda sobre os olhos e gozar.

Eu confesso, se algum dia eu me abalei foi com as seduções dessa mulher astuta, mas uma voz mais forte do que ela combatia seus sofismas em meu coração; eu a escutava e declarei pela última vez que estava decidida a jamais me deixar corromper.

— Pois bem — disse a Dubois — faz o que te aprouver, deixo-te a tua má sorte, mas se algum dia te deixares prender, como disso não podes te furtar pela fatalidade que, salvando o crime, imola inevitavelmente a virtude, lembra-te bem pelo menos de jamais falar de nós.

Enquanto argumentávamos assim, os três parceiros da Dubois bebiam com o caçador, e como o vinho tem normalmente a capacidade de fazer esquecer os crimes ao malfeitor e de engajá-lo amiúde em renová-los à beira mesma do precipício do qual ele acaba de se safar, nossos celerados não me viram decidida a escapar de suas mãos sem o desejo de se divertir às minhas custas. Seus princípios, seus costumes, o local sombrio onde estávamos, a espécie de segurança na qual se acreditavam, sua embriaguez, minha idade, minha inocência e minha aparência, tudo os encorajou. Eles se levantaram da mesa, confabularam, consultaram a Dubois, todos procedimentos cujo mistério me fazia estremecer de horror, e o resultado final foi que eu tivesse de me decidir, antes de partir, a passar pelas mãos dos quatro, de bom grado ou pela força; que se o fizesse de bom grado, eles me dariam um escudo cada para eu ir para onde quisesse, já que me recusava a acompanhá-los; que se fosse preciso empregar a força para me dobrar, daria no mesmo, mas para que o segredo fosse guardado, o último dos quatro que desfrutaria de mim me enfiaria uma faca no peito e em seguida me enterrariam ao pé de uma árvore. Deixo a vossa imaginação, senhora, o efeito que essa execrável proposta me causou; eu me joguei aos pés da Dubois, a conjurei para ser uma segunda vez a minha protetora, mas a celerada apenas riu de uma situação apavorante para mim, e que lhe parecia uma ninharia.

— Oh, por Deus — disse ela — eis-te bastante infeliz, obrigada a servir a quatro rapazes feitos como estes! Em Paris, minha menina, dez mil mulheres dariam belos escudos para estar no teu lugar neste momento... Escuta, acrescentou, contudo, depois de um momento de reflexão, tenho domínio suficiente sobre esses velhacos para obter a tua graça se quiseres te tornar digna dela.

— Ai de mim, senhora, o que é preciso fazer? — exclamei em lágrimas — ordenai-me, estou pronta.

— Nos seguir, tomar nosso partido e cometer as mesmas coisas sem a mais leve repugnância, a este preço eu te garanto o resto.

Não me pareceu que devia vacilar; aceitando, eu corria novos perigos, admito, mas eles eram menos urgentes do que os atuais, eu os poderia evitar e nada me poderia fazer escapar dos que me ameaçavam.

Irei a qualquer lugar, senhora – disse eu a Dubois – irei a qualquer lugar, vos prometo. Salvai-me do furor desses homens e não vos abandonarei jamais.

— Meninos — disse a Dubois aos quatro bandidos — esta menina está no bando; eu a recebo, eu a instalo, eu vos proíbo de lhe fazer violência. Não a enojemos do ofício desde o primeiro dia. Vede como sua idade e sua aparência podem nos ser úteis; aproveitemo-las para nossos interesses e não a sacrifiquemos a nossos prazeres...

Mas as paixões nos homens alcançam um grau que voz nenhuma os consegue cativar; as pessoas com as quais eu devia me entender não estavam em estado de ouvir nada; aproximando--se de mim todos quatro de uma vez no estado menos indicado para eu me envaidecer de minha graça, eles declararam em voz unânime à Dubois que quando o cadafalso chegasse, eu devia me tornar sua presa.

— Primeiro a minha — disse um deles, agarrando-me pela cintura.

— E com que direito cabe a ti começar? — disse um segundo empurrando seu camarada e me arrancando brutalmente de suas mãos.

— Por Deus, só depois de mim — disse um terceiro.

E com a disputa esquentando, nossos quatro campeões se agarram pelos cabelos, se derrubam, se engalfinham, dão cambalhotas e eu muito feliz de os ver numa situação que me dá tempo para escapar, enquanto a Dubois se ocupava de os separar, saio em disparada, ganho a floresta e perco a casa de vista num instante.

— Ser supremo — disse eu caindo de joelhos tão logo me vi em segurança — ser supremo, meu verdadeiro protetor e meu guia, digna-te apiedar-te da minha miséria. Vês minha fraqueza e minha inocência, vês com que confiança eu deposito em ti toda minha esperança. Digna-te a me salvar dos perigos que me perseguem, ou com uma morte menos ignominiosa do que aquela da qual consegui me esquivar, digna-te ao menos a me levar prontamente para ti.

A oração é o mais doce consolo do sofredor, ele se torna mais forte quando orou; eu me levantei cheia de coragem, e como já começava a escurecer, enfiei-me numa mata de corte para ali passar a noite com menos risco; a segurança em que me acreditava, o esgotamento em que me encontrava, a pequena alegria que acabava de provar, tudo contribuiu para me fazer passar uma boa noite, e o sol já ia alto quando meus olhos se reabriram para a luz. O instante do despertar é o mais fatal para os desafortunados; o repouso dos sentidos, a calma das ideias, o olvido instantâneo de seus males, tudo os chama para a desgraça com mais força, tudo lhes torna a carga mais pesada.

Pois bem, disse para mim, então é verdade que há criaturas humanas que a natureza destina à mesma condição das bestas ferozes! Escondida em seu covil, fugindo dos homens como elas, que diferença existe agora entre mim e elas? Valerá a pena então nascer para uma sorte tão lastimável! E minhas lágrimas correram com abundância ao fazer essas tristes reflexões. Mal as havia contido, ouvi um barulho perto de mim; por um momento acreditei que era algum animal, pouco a pouco distingui as vozes de dois homens.

— Vem, meu amigo — disse um deles — estaremos perfeitamente aqui. A presença cruel e fatal de minha mãe ao menos não me impedirá de provar por um momento contigo os prazeres que me são tão caros...

Eles se aproximam e se colocam de tal maneira diante de mim que nenhum de seus propósitos... nenhum de seus movimentos pode me escapar, e eu vejo...

Justo Céu, senhora — diz Sophie interrompendo-se — será possível que a sorte só me tenha colocado em situações tão críticas que, ao pudor, torna-se tão difícil ouvi-las quanto descrevê-las?... Esse crime horrível que ultraja por igual a natureza e as leis, essa perversidade sobre a qual a mão de Deus tantas vezes se abateu, essa infâmia numa palavra tão nova para mim que mal a concebia, eu a vi consumar-se diante de meus olhos com todos os requintes impuros, com todos os episódios pavorosos que lhe podia emprestar a depravação mais deliberada.

Um desses homens, aquele que dominava o outro, tinha vinte e quatro anos, estava de sobretudo verde e tão bem talhado que fazia crer que sua condição devia ser abastada; o outro parecia um jovem doméstico de sua casa, em torno de dezesseis a dezoito anos e de aspecto muito bom. A cena foi tão prolongada quanto escandalosa, e esse tempo me foi ainda mais cruel porque eu não ousava me mexer temendo ser descoberta.

Por fim os atores criminosos que a encenavam, saciados sem dúvida, levantaram-se para retomar o caminho que os devia conduzir a sua casa, quando o amo se aproximou da moita que me ocultava para ali satisfazer uma necessidade. Minha touca alta me traiu, ele a avistou:

— Jasmin — disse ele a seu jovem Adônis — fomos traídos, meu caro... uma garota, uma profana assistiu a nossos mistérios. Aproxima-te, tiremos essa tratante dali e tratemos de saber o que ela faz por aqui.

Eu não lhes dei o trabalho de me ajudarem a sair de meu abrigo; arrancando-me prontamente dali sozinha e caindo aos seus pés:

— Oh senhores — exclamei, estendendo o braço para eles — dignai-vos vos apiedar de uma infeliz cuja sorte é mais lamentável do que pensais; são bem poucos os infortúnios que podem se igualar aos meus; que a situação em que me encontrastes não vos faça nascer nenhuma desconfiança de mim, ela é obra antes da minha miséria que dos meus erros; longe de aumentar a soma dos males que me oprimem, querei ao contrário diminuí-la facilitando-me os meios de escapar do rigor que me persegue.

O senhor de Bressac, este era o nome do jovem em cujas mãos eu caíra, com um grande fundo de libertinagem no espírito, não era dotado de uma dose muito abundante de pena no coração. Infelizmente é bastante comum ver o desregramento dos sentidos extinguir por completo a piedade no homem; seu efeito ordinário é endurecer; seja porque a maior parte de seus desvios necessita de uma espécie de apatia na alma, seja porque a comoção violenta que o desregramento causa na massa dos nervos diminui a sensibilidade de sua ação, acontece sempre que um devasso contumaz raramente é um homem piedoso. Mas a essa crueldade natural no espírito das pessoas cujo caráter se esboça, juntava-se ainda no senhor de Bressac uma aversão tão acentuada pelo nosso sexo, um ódio tão inveterado por tudo que o caracterizava, que me era difícil conseguir colocar em sua alma os sentimentos com os quais o queria comover.

— O que fazes aí, enfim, rola dos bosques — disse-me ele por resposta, com toda grosseria, esse homem que eu queria abrandar... — fala a verdade, tu viste tudo o que se passou entre mim e esse jovem, não é?

— Eu, não, senhor — exclamei prontamente, não acreditando fazer nenhum mal ocultar essa verdade — ficai perfeitamente seguro de que vi apenas coisas muito simples. Eu vos vi, senhor e vós, sentados ambos na relva, acreditei perceber que haveis conversado um instante, estejais certo de que isso foi tudo.

— Gostaria de acreditar — respondeu o senhor de Bressac — e isso para tua tranquilidade, porque se imagino que possas ter visto outra coisa, não sairias jamais desta moita... Vamos, Jasmin, ainda é cedo, temos o tempo de ouvir as aventuras dessa vadia; que ela nos diga neste instante, em seguida nós a amarraremos neste grande carvalho e experimentaremos nossos punhais de caça em seu corpo.

Os rapazes se sentaram, me ordenaram que me colocasse diante deles e ali eu lhes relatei ingenuamente tudo que me havia sucedido desde que chegara ao mundo.

— Vamos, Jasmin — disse o senhor de Bressac levantando-se assim que eu terminei — sejamos justos uma vez em nossa vida, meu caro. A justa Têmis condenou essa velhaca, não toleremos que os intentos da deusa sejam tão cruelmente frustrados, e façamos a criminosa sofrer a sentença que ela ia merecer. Não é um crime que vamos cometer, é uma virtude, meu amigo, é um restabelecimento da ordem moral das coisas, e como temos a infelicidade de descumpri-la às vezes, restabeleçamo-la corajosamente ao menos quando a ocasião se apresenta.

E os cruéis me havendo tirado de meu lugar, arrastaram-me para a árvore indicada sem se deixar comover pelos meus gemidos ou pelas minhas lágrimas.

— Atemo-la nesta posição — disse Bressac ao criado, apoiando-me com o ventre de encontro à árvore.

Suas jarreteiras, seus lenços, tudo serviu, e num minuto fui amarrada tão cruelmente que me ficou impossível mexer qualquer membro; feita essa operação, os celerados desataram minha saia, ergueram-me a camisa sobre os ombros, e pegando suas facas de caça, acreditei que iam lanhar todas as partes posteriores que sua brutalidade havia descoberto.

— Isso basta — disse Bressac sem que eu houvesse recebido um único golpe — isso basta para que ela nos conheça, para que veja o que podemos lhe fazer e para mantê-la sob nossa dependência. Sophie — ele prosseguiu desamarrando os laços — veste-te, sê discreta e segue-nos; se te unires a mim, não terás razão para te arrependeres, minha criança, necessitamos de uma segunda criada de quarto para minha mãe, vou apresentar-te a ela... pela fé de vossos relatos, vou me responsabilizar por tua conduta, mas se abusares de minhas bondades ou traíres minha confiança, olha bem esta árvore que devia te servir de leito fúnebre, lembra que ele fica a uma légua apenas do castelo para onde te conduzo e que à mais leve falta serás prontamente trazida para cá...

Já vestida, eu mal encontrava palavras para agradecer a meu benfeitor, eu me joguei aos seus pés... abracei seus joelhos, fiz-lhe todos os juramentos possíveis de uma boa conduta. Mas tão insensível a minha alegria quanto à minha dor:

— Andemos — disse o senhor de Bressac — é vossa conduta que falará por vós e só ela regerá a vossa sorte.

Caminhamos. Jasmin e seu amo conversavam, e eu os seguia humildemente sem dizer palavra; uma curta hora nos levou ao castelo da senhora condessa de Bressac e a magnificência dos arredores me fez perceber que qualquer posto que viesse a ocupar nesta casa seria com certeza mais lucrativo para mim que o de governanta na casa do senhor e da senhora Du Harpin. Fizeram-me esperar num escritório onde Jasmin me fez desjejuar muito decentemente. Neste ínterim, o senhor de Bressac subiu aos aposentos de sua mãe, preveniu-a, e meia hora depois ele próprio veio me buscar para me apresentar a ela.

A senhora de Bressac era uma mulher de quarenta e cinco anos, muito bela ainda, e que me pareceu bastante justa e, principalmente, bastante humana, ainda que misturasse um pouco de severidade nos seus princípios e nos seus propósitos; viúva havia dois anos de um homem de família muito importante mas que a havia esposado sem outra fortuna além do bom nome que lhe dava, todos os bens que o jovem marquês de Bressac podia esperar dependiam, portanto, dessa mãe, e o que ele havia recebido do pai lhe proporcionava apenas com que se divertir. A senhora de Bressac acrescentava a isso uma pensão considerável, mas era-lhe preciso arcar com as despesas tão consideráveis quanto irregulares do filho; havia pelo menos sessenta mil libras de rendas nesta casa, e o senhor de Bressac não tinha irmão nem irmã; jamais se pudera determiná-lo a entrar no serviço; tudo que o afastava de seus prazeres favoritos lhe era tão insuportável que era impossível fazê-lo aceitar alguma cadeia. A senhora condessa e seu filho passavam três meses do ano nesta terra e o resto do tempo em Paris, e esses três meses que ela exigia do filho que passasse com ela eram já um aborrecimento bastante grande para um homem que jamais abandonava o centro de seus prazeres sem cair no desespero.

O marquês de Bressac me ordenou que contasse a sua mãe as mesmas coisas que lhe havia contado, e assim que terminei meu relato:

— Tua candura e tua ingenuidade — disse-me a senhora de Bressac — não me permitem duvidar de tua inocência. Não tomarei outras informações sobre ti além de saber se és realmente, como me disseste, a filha do homem que me indicaste; sendo assim, conheci teu pai, e isso se tornará uma razão a mais para me interessar por ti. Quanto a teu caso com Du Harpin, eu me encarrego de arranjar isso em duas visitas ao chanceler, meu amigo há séculos. É o homem mais íntegro que existe na França; trata-se apenas de lhe provar tua inocência para extinguir tudo o que foi feito contra ti e para que possas reaparecer, sem o menor temor, em Paris... mas reflete bem, Sophie, que tudo que aqui te prometo é ao preço de uma conduta exemplar; assim cuida que os reconhecimentos que exijo de ti reverterão sempre em teu proveito.

Eu me atirei aos pés da senhora de Bressac; assegurei-lhe de que ela jamais teria motivo para não se contentar comigo e no mesmo instante fui instalada na casa na condição de sua segunda criada de quarto. Ao cabo de três dias, as informações que a senhora de Bressac havia buscado em Paris chegaram tais como eu as podia desejar, e todas as ideias de infelicidade se desfizeram enfim de meu espírito para serem substituídas pela esperança dos mais doces consolos que me foi permitido esperar; mas não estava escrito no Céu que a pobre Sophie devesse jamais ser feliz, e se alguns momentos de calma surgiam fortuitamente para ela, era apenas para lhe tornar mais amargos os de horror que os deveriam suceder.

Apenas chegamos em Paris, a senhora de Bressac apressou-se em trabalhar para mim. O primeiro-presidente quis me ver, escutou meus infortúnios com interesse, a velhacaria de Du Harpin melhor aprofundada foi reconhecida, convenceram-se de que se havia me beneficiado do incêndio nas prisões do palácio, ao menos não havia tomado parte deles e todo o processo foi encerrado (me asseguraram) sem que os magistrados envolvidos achassem por bem empregar nele outras formalidades.

É fácil imaginar o quanto esses procedimentos me ligaram à senhora de Bressac; com toda sorte de gentilezas que tivera para comigo, como esforços como esses não me haveriam ligado para sempre a uma protetora tão preciosa? Era preciso, contudo, que a intenção do jovem marquês de Bressac fosse a de me ligar muito intimamente a sua mãe; apesar das desordens pavorosas do gênero que vos pintei, às quais se atirava cegamente esse jovem muito mais em Paris do que no campo, não demorei a perceber que ele detestava soberanamente a condessa. É verdade que esta fazia de tudo no mundo para acabar com suas devassidões ou para as contrariar, mas como empregava nisso um rigor talvez excessivo, o marquês, mais inflamado ainda pelos efeitos dessa severidade, entregava-se com mais ardor a eles, e tudo que a pobre condessa retirava dessas perseguições era fazer-se soberanamente odiar.

— Não imagines — dizia-me amiúde o marquês — que seja por si mesma que minha mãe age em tudo isso que te diz respeito. Acredita, Sophie, que se eu não a instigasse a todo instante, ela mal se lembraria dos cuidados que te prometeu. E ela te faz valorizar todos seus passos quando eles foram dados por mim apenas. Ouso dizê-lo, é a mim apenas que deves algum reconhecimento, e isso que exijo de ti deve parecer tão mais desinteressado, pois sabes perfeitamente ser verdade, por mais bonita que possas ser, que não é a teus favores que eu pretendo... Não, Sophie, não, os serviços que espero de ti são de outro gênero completamente diferente, e quando ficares bem convencida de tudo que faço por ti, espero encontrar em tua alma tudo que tenho o direito de esperar...

Esses discursos me pareciam tão obscuros que eu não sabia como respondê-los; contudo eu o fazia ao puro acaso, e talvez com excessiva facilidade.

E chegou o momento de vos informar, senhora, a única falta real que tenho a me reprovar em minha vida... o que digo, uma falta, uma extravagância que jamais teve nada igual... mas ao menos não é um crime, é um simples erro que puniu somente a mim e do qual não me parece que a mão justa do Céu precisou se servir para me arrastar para o abismo que se abria insensivelmente sob meus passos. Era-me impossível ver o marquês de Bressac sem me sentir atraída para ele por um movimento de ternura que nada pudera vencer em mim. Por mais reflexões que fizesse sobre seu distanciamento das mulheres, sobre a depravação de seus gostos, sobre as distâncias morais que nos separavam, nada, nada no mundo conseguia extinguir essa paixão nascente, e se o marquês me houvesse pedido a vida, eu lha haveria sacrificado mil vezes, acreditando ainda não fazer nada por ele. Ele estava longe de desconfiar dos sentimentos que eu nutria tão cuidadosamente encerrados em meu coração... estava longe, o ingrato, de adivinhar a causa das lágrimas que a infortunada Sophie derramava diariamente sobre as desordens vergonhosas que o perdiam, mas era-lhe impossível, contudo, não duvidar do desejo que eu tinha de voar ao encontro de tudo que pudesse agradá-lo, não era possível que ele não entrevisse minhas atenções... Cegas ao extremo, sem dúvida, elas chegavam a servir a seus erros até o ponto em que a decência podia me permitir e a ocultá-los sempre de sua mãe. Essa conduta me valera, de qualquer modo, a sua confiança, e tudo que vinha dele me era precioso, eu me cegava de tal forma sobre o pouco que me oferecia seu coração que às vezes tive a vaidade de acreditar que não lhe era indiferente, mas o excesso de seus desregramentos me desiludia prontamente! Eles eram de tal monta que não só a casa estava cheia de domésticos desse gênero execrável perto de mim, mas ele acumpliciava uma multidão de indivíduos perversos de fora, ou aos quais ele comparecia, ou que vinham diariamente até ele, e como esse gosto, odioso como é, não é dos menos dispendiosos, o marquês esbanjava prodigiosamente. Às vezes eu tomava a liberdade de lhe apresentar todos os inconvenientes de sua conduta; ele me escutava sem repugnância, depois acabava me dizendo que ninguém se corrigia da espécie de vício que o dominava, que reproduzido em mil formas distintas, ele tinha ramos diferentes para cada idade, que renovando sempre de dez em dez anos suas sensações, conservavam até o túmulo os que tinham a infelicidade de incensá-lo... Mas se eu tentava lhe falar de sua mãe e dos desgostos que ele lhe causava, não via mais que desprezo, mau-humor, irritação e impaciência de ver por tanto tempo em tais mãos um bem que deveria lhe pertencer, o ódio mais inveterado contra essa mãe respeitável e a revolta mais evidente contra os sentimentos da natureza. Seria verdade então que quando se chega a transgredir tão formalmente nesses gostos as leis desse órgão sagrado, a consequência necessária desse primeiro crime fosse uma espantosa facilidade para cometer impunemente todos os outros?

Algumas vezes eu me servia dos meios da religião; quase sempre consolada por ela, tentava fazer entrar suas doçuras na alma desse perverso, mais ou menos segura de o cativar com esses laços se conseguisse fazê-lo compartilhar seus encantos. Mas o marquês não me deixou empregar por muito tempo tais vozes com ele; inimigo declarado de nossos santos mistérios, crítico obstinado da pureza de nossos dogmas, adversário extremado da existência de um ser supremo, o senhor De Bressac em lugar de se deixar converter por mim tentou antes me corromper.

— Todas as religiões partem de um princípio falso, Sophie — dizia-me ele — todas supõem como necessário o culto de um ser criador; ora, se o mundo eterno, como todos aqueles entre os quais ele flutua nas planícies infinitas do espaço, jamais teve começo e não deve jamais ter fim, se todos os produtos da natureza são efeitos resultantes das leis que a ela mesma encadeiam, se sua ação e sua reação perpétuas supõem o movimento essencial em sua essência, para que serve o motor que gratuitamente lhe emprestas? Digna-te a crer, Sophie, esse deus que admites não passa do fruto da ignorância, de um lado, e da tirania, do outro; quando o mais forte quis submeter o mais fraco, ele o persuadiu de que um deus santificava os grilhões com que o dominava, e este, embrutecido por sua miséria, acreditou em tudo que o outro queria. Todas as religiões, consequências fatais dessa primeira fábula, devem, portanto, ser votadas ao desprezo como ela, não há uma única que não ostente o emblema da impostura e da estupidez; vejo em todas, mistérios que fazem estremecer a razão, dogmas que ultrajam a natureza e cerimônias grotescas que inspiram tão somente a derrisão. Mal abri os olhos, Sophie, odiei esses horrores, fiz para mim uma lei de pisoteá-las, um juramento de jamais voltar a elas em toda minha vida; imita-me se queres ser racional.

— Oh, senhor — respondi ao marquês — privareis uma infeliz de sua mais doce esperança se lhe tirardes essa religião que a consola; solidamente apegada ao que ela ensina, absolutamente convencida de que todos os golpes que se abatem sobre ela são apenas o efeito da libertinagem e das paixões, irei sacrificar a sofismas que fazem estremecer a ideia mais doce de minha vida?

Acrescentei a esses mil outros argumentos ditados por minha razão, expandidos por meu coração, mas o marquês apenas ria, e seus princípios capciosos, alimentados por uma eloquência mais masculina, sustentada em leituras que eu felizmente jamais fizera, derrubavam sempre os meus. A senhora De Bressac, cheia de virtude e de piedade, não ignorava que o filho sustentava seus desvios com todos os paradoxos da descrença; ela o lamentava frequentemente comigo, e como se dignava a me atribuir um pouco mais de bom senso que às outras mulheres que a cercavam, gostava de me confiar suas penas.

Entretanto, os maus procedimentos do filho redobravam para ela; ele estava a ponto de não mais ocultá-los; não só havia cercado a mãe de toda a canalha perigosa que servia a seus prazeres, como levara a insolência a ponto de declarar diante de mim que se ela se atrevesse a contrariar seus apetites, ele a convenceria dos atrativos que eles tinham entregando-se a eles diante mesmo de seus olhos. Eu lamentava essas conversas e essa conduta, tentava tirar de meu íntimo motivos para sufocar em minha alma essa malfadada paixão que a devorava... mas o amor é mal que se possa curar? Tudo o que eu procurava para lhe opor só fazia incitar mais vivamente sua chama, e o pérfido Bressac jamais me parecia mais adorável do que quando eu reunia diante de mim tudo que me devia fazer odiá-lo.

Fazia quatro anos que eu estava naquela casa, sempre perseguida pelos mesmos pesares, e sempre consolada pelas mesmas doçuras, quando o motivo odioso das seduções do marquês foi-me enfim apresentado em todo seu horror. Estávamos no campo, na ocasião, eu estava sozinha junto da condessa; sua primeira criada recebera permissão para ficar em Paris no verão para algum assunto de seu marido. Certo cair de tarde, alguns instantes depois de me haver retirado da presença de minha ama, respirando numa sacada de meu quarto, e por causa do calor extremo não conseguindo decidir de me deitar, de repente o marquês bate à minha porta e me implora para deixá-lo conversar comigo parte da noite... Ai de mim, todos os instantes que me concedia este cruel autor de meus males me pareciam preciosos demais para que eu ousasse recusar algum; ele entra, fecha a porta com cuidado, e, atirando-se numa poltrona ao meu lado:

— Escuta, Sophie — disse-me ele um pouco embaraçado — tenho coisas da maior importância a te confiar, começa por me jurar que não revelarás a ninguém o que eu vou te dizer.

— Oh, senhor, crede-me capaz de abusar de vossa confiança?

— Não sabes a que te arriscarás se vieres a me provar que me enganei em ta conceder.

— A maior de minhas penas seria a ter perdido, não preciso de maiores ameaças.

— Pois bem, Sophie... eu conjurei contra os dias de minha mãe, e é tua mão que escolhi para me servir.

— Eu, senhor — exclamei recuando de horror. — Oh Céus, como dois semelhantes projetos puderam vos entrar no espírito?

Tomai minha vida, senhor, ela vos pertence, disponde dela, eu vo-la devo, mas não esperai jamais minha anuência para me prestar a um crime cuja simples ideia é intolerável para meu coração.

— Escuta, Sophie — diz-me o senhor de Bressac conduzindo-me com tranquilidade — eu bem que desconfiei de tuas repugnâncias, mas como tens espírito, persuadi-me a vencê-las fazendo-te ver que esse crime que achas tão imenso não passa de uma coisa muito simples no fundo. Dois crimes graves se oferecem aqui a teus olhos pouco filosóficos, a destruição de seu semelhante e o mal de que essa destruição se acresce quando esse semelhante é nossa mãe. Quanto à destruição de seu semelhante, esteja certa, Sophie, ela é puramente quimérica, o poder de destruir não é concedido ao homem; ele tem quando muito o de variar-lhe as formas, mas não o de destruí-las; ora toda forma é igual aos olhos da natureza, nada se perde no cadinho imenso onde suas variações se executam, todas as porções da matéria que aí se jogam se renovam incessantemente sob outras figuras e quaisquer que sejam nossas ações sobre isso, nenhuma a ofende diretamente, nenhuma saberia ultrajá-la, nossas destruições reanimam seu poder, elas conservam sua energia mas nenhuma a atenua. Ora, que importa à natureza eterna criadora que essa massa de carne que hoje dá forma a uma mulher se reproduza amanhã sob a forma de mil insetos diferentes? Ousarás dizer que a construção de um indivíduo como nós custa mais à natureza que a de um verme e que esta deve, por consequência, tomar maior interesse por ela? Ora, se o grau de apego, ou melhor, de indiferença, é o mesmo, o que pode lhe importar que por isto a que chamamos de crime de um homem, um outro seja transformado em mosca ou em alface? Quando me houverem provado a sublimidade de nossa espécie, quando me houverem demonstrado que ela é de tal forma importante para a natureza que necessariamente suas leis se indignam com sua destruição, então poderei crer que essa destruição é um crime; mas quando o estudo mais refletido da natureza me houver provado que tudo o que vegeta sobre este globo, a mais imperfeita de suas obras, tem um preço igual a seus olhos, eu jamais suporia que a mudança desses seres em mil outros possa jamais ofender suas leis; eu me direi: todos os homens, todas as plantas, todos os animais, crescem, vegetam, destruindo-se pelos mesmos meios, não recebendo jamais uma morte real, mas uma simples variação no que os modifica, todos, eu digo, se atirando, se destruindo, procriando indiferentemente, aparecem por um momento sob uma forma, e no instante seguinte sob uma outra, podem ao sabor do ser que quer ou que pode os mover, mudar milhares de vezes num dia sem que uma única lei da natureza seja, por um momento, afetada. Mas esse ser que eu ataco é minha mãe, é o ser que me carregou em seu seio. E daí, será essa vã consideração que me impedirá, e que título terá ela para consegui-lo? Pensou ela em mim, essa mãe, quando sua luxúria a fez conceber o feto do qual eu nasceria? Posso lhe dever o reconhecimento por ter se ocupado de seu prazer? Não é o sangue da mãe, aliás, que constitui o bebê, é o do pai apenas; o seio da fêmea frutifica, conserva, elabora, mas não fornece nada, e eis a reflexão que jamais me teria feito atentar contra os dias de meu pai, enquanto vejo como uma coisa muito simples cortar o fio dos de minha mãe. Se é possível que o coração do bebê possa se comover com justiça por alguns sentimentos de gratidão para com uma mãe, só pode ser em razão de seus procedimentos conosco desde que estamos em idade de desfrutá-los. Se ela os teve bons, nós podemos amá-la, talvez mesmo o devamos; se só os teve maus, submetidos a alguma lei da natureza, não só não lhe devemos mais nada, mas tudo nos dita para nos desfazermos deles, por essa força poderosa do egoísmo que empenha naturalmente e inelutavelmente o homem a se desembaraçar de tudo que o aborrece.

— Oh, senhor — respondi, completamente apavorada, ao marquês — essa indiferença que atribuis à natureza é obra apenas de vossas paixões; dignai-vos por um instante a escutar vosso coração em lugar delas, e vereis como ele condenará esses raciocínios imperiosos de vossa libertinagem. Esse coração a cujo tribunal vos envio não é então o santuário onde essa natureza que ultrajais quer que se a escute e se a respeite? Se ela aí imprime o mais forte horror por esse crime que meditais, não me concedereis que ele é condenável? Se me disserdes que o fogo das paixões destrói num instante esse horror, que mal estiverdes satisfeito ele renascerá, ele se fará ouvir pelo órgão imperioso do remorso. Quanto maior vossa sensibilidade, mais seu domínio será dilacerante para vós... a cada dia, a cada minuto, a vereis diante de vossos olhos, essa mãe terna que vossa mão bárbara terá enterrado no túmulo, escutareis sua voz queixosa pronunciar ainda o doce nome que fazia o encanto de vossa infância... ela aparecerá em vossas vigílias, ela vos atormentará em vossos sonhos, abrirá com suas mãos ensanguentadas as chagas que vós lhe tereis rasgado; nenhum momento feliz desde então luzirá para vós sobre a terra, todos os vossos prazeres ficarão envenenados, todas as vossas ideias se confundirão, uma mão celeste cujo poder desconheceis vingará os dias que tereis destruído envenenando todos os vossos, e sem ter desfrutado de vossos crimes, perecereis do desgosto mortal de os haver ousado praticar.

Banhada em lágrimas pronunciando estas derradeiras palavras, eu me precipitei aos joelhos do marquês, conjurei-o por tudo que podia haver de mais caro esquecer um desregramento infame que lhe jurei esconder por toda minha vida, mas não conhecia o coração que procurava abrandar. Qualquer vigor que ele ainda pudesse ter, o crime lhe havia quebrado as forças, e as paixões em todo seu ímpeto faziam ali reinar apenas o crime. O marquês se levantou friamente.

— Bem vejo que estava enganado, Sophie — disse-me ele — estou tão aborrecido talvez por ti quanto por mim. Não importa, encontrarei outros meios, e tu terás perdido muito para mim, sem que vossa ama tenha ganhado nada.

Essa ameaça mudou todas as minhas ideias; ao não aceitar o crime que me propunha, eu arriscava muito, e minha ama morreria infalivelmente; ao consentir na cumplicidade, eu me colocava a coberto da ira de meu jovem amo, e salvava necessariamente sua mãe. Essa reflexão, que em mim foi obra de um instante, fez-me mudar de papel no mesmo momento, mas como uma virada tão súbita teria parecido suspeita, administrei com vagar a minha derrota, coloquei o marquês na situação de me repetir muitas vezes seus sofismas, tomei pouco a pouco o ar de não saber o que responder, o marquês me acreditou vencida, legitimei minha fraqueza com o poder de sua arte, por fim tomei a aparência de tudo aceitar, o marquês me saltou no pescoço... O quanto esse movimento me teria culminado de satisfação se aqueles projetos bárbaros não houvessem aniquilado todos os sentimentos que meu fraco coração havia ousado conceber por ele... se ainda fosse possível que eu o amasse...

— És a primeira mulher que abraço — disse-me o marquês — e na verdade é de toda minha alma... és deliciosa, minha criança; um raio de filosofia penetrou, pois, em teu espírito; seria possível que esta cabeça encantadora permanecesse tanto tempo nas trevas?

E na mesma hora nós combinamos nossas ações: para que o marquês caísse melhor na rede, mantive sempre um certo ar de repugnância toda vez que ele desenvolvia melhor seu projeto ou me explicava os meios, e foi esta dissimulação tão compreensível em minha desgraçada posição que melhor conseguiu enganá-lo.

Combinamos que dentro de dois ou três dias ou menos, segundo a facilidade que encontrasse, eu despejaria habilmente um pacotinho de veneno que o marquês me entregou numa xícara de chocolate que a condessa tinha o hábito de tomar todas as manhãs; o marquês me garantiu todas consequências e me prometeu dois mil escudos de rendas para gastar quer junto dele, quer onde melhor me aprouvesse passar o resto de meus dias; ele selou essa promessa sem caracterizar o que devia me fazer desfrutar desse favor, e nós nos separamos.

Aconteceu uma coisa muito singular, porém, perfeitamente capaz de voz fazer ver o caráter do homem atroz com quem eu lidava, para que eu não interrompa o relato cujo fim esperais, sem dúvida, dessa cruel aventura em que me envolvi. No dia seguinte ao de nossa entrevista, o marquês recebeu a notícia de que um tio, cuja herança ele absolutamente não contava, acabava de lhe deixar oitenta mil libras de rendas ao morrer. Oh Céu, eu disse para mim ao tomar conhecimento disso, será então assim que a justiça celeste pune a conspiração dos perversos? Eu pensei em dar a vida recusando uma bem inferior àquela, e eis esse homem no pináculo por ter concebido uma abominável. Arrependendo-me logo em seguida dessa blasfêmia contra a Providência, caí de joelhos, pedi perdão a Deus e acalentei a ideia de que essa herança inesperada ia ao menos causar uma mudança nos projetos do marquês... Que engano o meu, grande Deus!

— Ó minha querida Sophie — disse-me o senhor de Bressac comparecendo na mesma noite no meu quarto — como as prosperidades chovem sobre mim! Eu te disse vinte vezes, nada como conceber um crime para atrair a felicidade, parece que é apenas aos malfeitores que a estrada se entreabre facilmente. Oitenta e sessenta, minha criança, isso inteira quarenta mil libras de rendas que vão servir aos meus prazeres.

— Então, senhor — respondi-lhe com uma surpresa moderada pelas circunstâncias às quais estava presa — essa fortuna inesperada não vos convence a esperar pacientemente essa morte que quereis apressar?

— Esperar, não esperarei dois minutos, minha criança: não sabes que tenho vinte e oito anos e o quanto é duro esperar na minha idade? Que isso não mude nada de nossos projetos, eu te suplico, e que tenhamos o consolo de terminar tudo isso antes da época de nosso retorno a Paris... Cuida que seja amanhã, depois de amanhã no mais tardar, já estou ansioso para contar a parte de tua pensão e de te colocar em posse do total.

Fiz o melhor que pude para disfarçar o pavor que me inspirava esse encarniçamento no crime, retomei meu papel da véspera, mas todos meus sentimentos conseguiram se extinguir e acreditei ter apenas horror por um celerado de tal forma endurecido.

Nada de mais embaraçoso que a minha posição; se não a executasse, o marquês logo perceberia que o enganava; se prevenisse a senhora de Bressac, qualquer partido que a fizesse tomar a revelação desse crime, o jovem se veria também enganado e se decidiria logo por meios mais seguros que fariam igualmente perecer a mãe e me exporiam a toda a vingança do filho. Restava-me a via da justiça, mas por nada no mundo eu teria consentido em tomá-la; eu me decidi então, acontecesse o que acontecesse, a prevenir a condessa; de todos os partidos possíveis, este me pareceu o melhor e a ele me entreguei.

— Senhora — eu lhe disse no dia seguinte ao de minha última entrevista com o marquês — tenho uma coisa da maior importância para vos revelar, mas por mais que isto vos comova, estou decidida ao silêncio se antes não me derdes vossa palavra de honra de não testemunhar ao senhor vosso filho nenhum ressentimento pelo que ele tem a audácia de planejar; agireis, senhora, tomareis o melhor partido, mas não direis uma palavra, dignai me prometer ou eu me calo.

A senhora de Bressac, achando que tudo não passava de algumas extravagâncias comuns de seu filho, comprometeu-se com o juramento que eu exigia, e então eu lhe revelei tudo. Esta mãe infortunada se derreteu em lágrimas ao tomar conhecimento da infâmia.

— O celerado — exclamou — o que fiz eu que não fosse pelo seu bem? Se quis impedir seus vícios ou corrigi-los, que outros motivos além de sua felicidade e sua tranquilidade poderiam me empenhar nesse rigor? A quem ele deve essa herança que acaba de receber senão a meus cuidados? Se o escondi dele, foi por fraqueza. O monstro! Ó Sophie, coloca-me na situação de não poder mais duvidar, tenho necessidade de tudo que possa extinguir em meu coração os sentimentos da natureza...

E então eu mostrei à condessa o pacote de veneno que me fora confiado; nós fizemos um cachorro ingerir uma leve dose dele e em seguida o trancamos com cuidado e ele morreu ao cabo de duas horas em meio a pavorosas convulsões. A condessa, não podendo mais duvidar, decidiu-se imediatamente pelo partido que devia tomar. Ela me ordenou que lhe entregasse o resto do veneno e escreveu prontamente por um correio ao duque de Sonzeval, seu parente, para se dirigir em segredo ao ministro, expor-lhe a atrocidade da qual estava prestes a ser vítima, de se munir de uma ordem régia para seu filho, de acorrer a sua terra com esta ordem e um oficial de justiça, e de a livrar o quanto antes do monstro que conspirava contra seus dias... Mas estava escrito no Céu que esse crime abominável se executaria e que a virtude humilhada cederia aos esforços da perfídia.

O desgraçado cão no qual havíamos feito nossa prova revelou tudo ao marquês. Ele o ouviu uivar; sabendo que o animal era querido de sua mãe, perguntou com desvelo o que tinha esse cão e onde ele estava. Aqueles aos quais se dirigiu, ignorando tudo, não lhe responderam. A partir desse momento, sem dúvida, despertaram-lhe as suspeitas; ele não disse uma palavra, mas eu o vi inquieto, agitado e furtivo ao longo do dia. Informei isso à condessa, mas não era o caso vacilar, tudo que se podia fazer era apressar o correio e esconder o objetivo de sua missão. A condessa disse ao filho que ela o enviava a toda pressa a Paris para pedir ao duque de Sonzeval que se pusesse a campo ante a sucessão do tio do qual acabava de herdar, porque se não surgisse logo alguém, havia risco de processo; ela acrescentou que pedia para o duque vir lhe prestar conta de tudo para que ela se decidisse a partir com o filho se o assunto o exigisse. O marquês, muito bom fisionomista para não perceber o embaraço no rosto da mãe, para não observar um pouco de confusão no meu, deu-se por satisfeito e se pôs certamente em guarda. Sob pretexto de uma saída a passeio com seus garotos, afasta-se do castelo, espera o correio num lugar onde ele devia inevitavelmente passar. Este homem, muito mais ligado a ele que a sua mãe, não cria nenhuma dificuldade em lhe entregar seus despachos, e o marquês, convencido do que ele chamava, sem dúvida, de minha traição, dá cem luíses ao correio com ordem de jamais aparecer na casa, e volta para ela com a raiva no coração, mas contendo-se ainda assim o melhor que podia, ele me encontra, me adula como de hábito, me pergunta se será para amanhã, me faz observar que é fundamental que seja antes que o duque chegue, e vai se deitar tranquilo e sem aparentar nada. Se esse crime infeliz se consumou, como o marquês logo me fez saber, só pode ter sido da maneira que vou dizer... a senhora tomou seu chocolate no dia seguinte conforme o hábito, e como ele só havia passado pelas minhas mãos, tenho a plena certeza de que não tinha nenhuma mistura; mas o marquês entrou por volta das dez horas da manhã na cozinha, e, encontrando ali apenas o chef, ordenou-lhe para ir imediatamente buscar pêssegos no pomar. O cozinheiro tentou se escusar com a impossibilidade de largar seus alimentos, o marquês insistiu na fantasia premente de comer pêssegos e disse que velaria pelos fornos. O chef sai, o marquês examina todos os pratos do almoço, e despeja possivelmente em alcachofras que a senhora gostava com paixão a droga fatal que devia cortar o fio de seus dias. Almoça-se, a condessa come sem dúvida desse prato funesto e o crime se consuma. Isso eu vos conto apenas como suspeitas; o senhor de Bressac me assegurou na desgraçada continuação dessa aventura que seu golpe fora executado e meus cálculos me ofereceram apenas esse meio pelo qual lhe teria sido possível realizá-lo. Mas deixemos essas conjecturas horríveis e cheguemos à maneira cruel como fui punida por não ter querido participar desse horror e de o haver revelado... Assim que saímos da mesa o marquês me aborda:

— Escuta, Sophie — ele me diz com a fleuma aparente da tranquilidade — encontrei um meio mais seguro do que aquele que te havia proposto para levar a cabo meus projetos, mas isso exige detalhes. Não ouso ir com tanta frequência a teu quarto, temo os olhos de todo o mundo. Esteja às cinco horas em ponto no canto do parque, eu te pegarei ali e iremos fazer juntos um grande passeio durante o qual te explicarei tudo.

Eu confesso, fosse por licença da Providência, excesso de candura ou cegueira, nada me anunciava o terrível infortúnio que me aguardava; eu me considerava tão segura do segredo e dos arranjos da condessa que jamais imaginei que o marquês os houvesse podido descobrir. Eu estava confusa, porém:

O perjúrio é virtude quando se pune o crime

disse um de nossos poetas trágicos, mas o perjúrio é sempre odioso à alma delicada e sensível que se vê obrigada a recorrer a ele; meu papel me embaraçava, mas isso não durou muito. Os odiosos procedimentos do marquês, ao me darem novos motivos de sofrimento, logo me tranquilizaram sobre aqueles. Ele me abordou com o ar mais alegre e mais franco do mundo, e nós avançamos pela floresta sem que ele fizesse outra coisa além de rir e brincar como costumava fazer comigo. Quando eu queria trazer a conversa para o objeto que lhe havia feito desejar o nosso encontro, ele me dizia sempre para esperar, que temia que nos estivessem observando e que ainda não estávamos em segurança. Insensivelmente chegamos naquela moita e naquele grande carvalho onde ele me havia encontrado da primeira vez; não pude me impedir de estremecer revendo esses lugares, minha imprudência e todo o horror de minha sorte pareceram se apresentar então diante de meus olhos em toda sua extensão, e julgai se meu pavor não duplicou quando vi ao pé do funesto carvalho onde já havia experimentado uma crise tão terrível, dois dos garotos do marquês que estavam entre os que ele mais apreciava. Eles se levantaram quando nos aproximamos, e lançaram na relva cordas, nervos de boi e outros instrumentos que me fizeram estremecer. Então o marquês, usando para mim somente os epítetos mais grosseiros e os mais horríveis:

— B... — disse-me ele enquanto os rapazes ainda não podiam ouvir — reconheces esta moita de onde eu te tirei como um animal selvagem para te devolver à vida que havias merecido perder? Reconheces esta árvore, onde ameacei te recolocar se me desses motivos de me arrepender de minhas bondades? Por que aceitaste os serviços que eu te pedia contra minha mãe se tinhas a intenção de me trair, e como imaginaste servir à virtude arriscando a liberdade daquele a quem devias a vida? Necessariamente colocada entre dois crimes, por que escolheste o mais abominável? Tinhas apenas que me recusar o que eu te pedia, e não de o aceitar para me trair.

Então o marquês me contou tudo que havia feito para surpreender os despachos do correio e quais foram as desconfianças que o haviam levado a isso.

— O que fizeste com a tua falsidade, criatura vil? — prosseguiu ele. — Arriscaste teus dias sem preservar os de minha mãe. O golpe está dado e espero ver meus sucessos amplamente coroados ao voltar. Mas é preciso que eu te castigue, é preciso que te ensine que o caminho da virtude nem sempre é o melhor e que há situações no mundo em que a cumplicidade de um crime é preferível à delação. Conhecendo-me como deves me conhecer, como ousaste zombar de mim? Imaginaste que o sentimento de piedade que meu coração jamais admite senão pelo interesse de meus prazeres, ou que alguns princípios de religião, que eu pisoteei constantemente, seriam capazes de me deter...? Ou talvez contastes com teus encantos? — acrescentou ele com o tom da mais cruel zombaria... — Pois bem, vou te provar que esses encantos, por mais visíveis que possam ser, só servirão pra inflamar a minha vingança.

E sem me dar o tempo de responder, sem manifestar a menor emoção pela torrente de lágrimas que me inundava, tendo-me agarrado fortemente o braço e me arrastando para seus satélites:

— Ei-la — ele lhes disse — aquela que quis envenenar minha mãe e que talvez já tenha cometido esse crime hediondo apesar de todos meus cuidados para o impedir. Eu teria feito melhor, talvez, entregando-a nas mãos da justiça, mas ela ali teria perdido a vida, e eu quero lha deixar para que possa sofrer por mais tempo. Despi-a prontamente e amarrai-a com o ventre encostado nesta árvore para que a castigue como ela merece.

A ordem foi quase imediatamente executada, colocaram um lenço na minha boca, fizeram-me abraçar fortemente a árvore, e amarraram-me pelos ombros e pelas pernas, deixando o resto do corpo sem liames para que nada pudesse protegê-lo dos golpes que iria receber. O marquês, extraordinariamente agitado, apanhou um nervo de boi; antes de bater, o cruel quis observar minha expressão; dir-se-ia que apaziguava seus olhos com minhas lágrimas e as expressões de dor ou de pavor que impregnavam minha fisionomia... Então ele se posicionou a cerca de três passos de distância atrás de mim e eu me senti num instante açoitada com toda força possível, desde a metade das costas até a barriga das pernas. Meu carrasco parou um minuto, tocou brutalmente com as mãos todas as partes que acabava de ferir... não sei o que ele disse em voz baixa a um de seus satélites, mas num instante eles me cobriram a cabeça com um lenço que me deixou sem poder observar qualquer de seus movimentos; houve muitos, contudo, atrás de mim antes da retomada das novas cenas sangrentas às quais eu ainda estava destinada... *Sim, bem, é isso*, diz o marquês antes de chicotear de novo, e mal essa palavra que eu não compreendia foi pronunciada, os golpes recomeçaram com mais violência. Houve uma nova suspensão, mãos apalparam de novo as partes laceradas, falaram de novo em voz baixa... Um dos jovens disse em voz alta: *Não fico melhor assim?...* e essas novas palavras igualmente incompreensíveis para mim, às quais o marquês respondeu somente *mais perto, mais perto*, foram sucedidas por um terceiro ataque, ainda mais violento que os outros, e durante o qual Bressac disse duas ou três vezes consecutivas estas palavras, entremeadas de xingações pavorosas: *Vamos, vamos os dois, não percebeis que a quero fazer morrer por minha mão neste lugar?* Estas palavras pronunciadas por gradações sempre mais fortes terminaram essa insigne carnificina. Falaram ainda alguns minutos em voz baixa, escutei de novo movimentos, e senti meus laços afrouxarem. Meu sangue do qual via a relva coberta informou-me o estado em que eu devia estar. O marquês estava sozinho, seus ajudantes haviam desaparecido...

— Então, vadia — disse-me ele em me observando com aquela espécie de aversão que acompanha o delírio das paixões — não achas que a virtude te custa um pouco caro, e dois mil escudos de pensão não valiam bem cem golpes de nervo de boi?...

Eu caí ao pé da árvore, estava a ponto de perder a consciência... O celerado, ainda não satisfeito com os horrores aos quais havia se entregado, cruelmente excitado pela visão de meus sofrimentos, me espremeu com o pé contra o chão e me apertou até eu quase sufocar.

— Sou bondoso o bastante para te salvar a vida — ele repetiu duas ou três vezes. — Toma cuidado ao menos com o uso que farás de minhas novas generosidades...

Então ele me ordenou que me levantasse e pegasse minhas roupas, e como o sangue escorria por toda parte, para que minhas roupas, as únicas que me restavam, não ficassem manchadas, apanhei mecanicamente um pouco de capim para me enxugar.

Enquanto isso, ele andava de um lado para outro e me deixava fazer isso, mais ocupado com suas ideias do que comigo. Minhas carnes inchadas, o sangue que ainda corria, as dores terríveis que sofria, tudo isso quase me impedia a operação de me vestir de novo e jamais o homem feroz com o qual lidava, jamais esse monstro que acabava de me deixar nesse estado cruel, ele por quem eu teria dado a vida alguns dias antes, em nenhum momento o mais leve sentimento de pena o levou a me ajudar em nada. Quando fiquei pronta, ele se aproximou.

— Vai para onde quiseres — disse-me ele. — Deve te restar dinheiro no bolso, não tiro nada de ti, mas trata de não me procurar nem em Paris, nem no campo. Tu vais passar publicamente, eu te previno, pela assassina de minha mãe. Se ela ainda respira, vou fazê-la levar essa ideia para o túmulo. Toda a casa saberá; eu te denunciarei à justiça. Paris também se tornará inabitável para ti, portanto, pois teu primeiro assunto, que acreditavas terminado, foi apenas abafado, eu te previno. Disseram-te que ele não mais existia, mas te enganaram. O decreto não foi extinto; deixavam-te nessa situação para ver como te conduzirias. Tens agora, pois, dois processos em lugar de um, e em lugar de um vil usurário como adversário, um homem rico e poderoso, determinado a perseguir-te até o inferno se abusares com lamúrias caluniosas da vida que consinto em te deixar.

— Oh, senhor — respondi-lhe — quaisquer que tenham sido vossos rigores comigo, não temais minhas diligências. Acreditei devê-las contra vós quando se tratava da vida de vossa mãe. Eu jamais as empreenderia se se tratasse apenas da infortunada Sophie. Adeus, senhor, que vossos crimes vos tornem tão feliz quanto vossas crueldades me causam tormentos, e seja qual for a sorte que o Céu vos reserve, enquanto ele se digne a conservar meus deploráveis dias, eu os empregarei somente em rogar por vós.

O marquês levantou a cabeça, ele não pôde se impedir de considerar essas palavras, e como me viu coberta de lágrimas, mal podendo me manter em pé, no temor de se comover, sem dúvida, o cruel se afastou e não mais voltou os olhos para mim. Assim que ele desapareceu, eu me deixei cair no chão e ali, abandonando-me à minha dor, fiz ecoar no ar meus gemidos, e reguei a relva com minhas lágrimas:

— Oh, meu Deus — eu exclamava. — Vós o haveis querido, era Vossa vontade que o inocente se tornasse uma vez mais a presa do culpado. Disponde de mim, Senhor, estou ainda muito longe dos sofrimentos que haveis sofrido por nós. Possam os que eu sofro em Vos adorando me tornar digna um dia das recompensas que prometeis ao fraco quando ele Vos tem sempre por objeto em suas tribulações e que ele Vos glorifique em suas penas!

A noite caía, eu estava sem condições de ir mais longe, mal conseguia me sustentar; lembrei-me da moita onde havia me escondido havia quatro anos numa situação bem menos infeliz, sem dúvida, arrastei-me para lá como pude e instalando-me ali, no mesmo lugar, atormentada por meus ferimentos que ainda sangravam, prostrada pelos padecimentos de meu espírito e as tristezas de meu coração, passei a noite mais cruel que se possa imaginar. O vigor de minha idade e de meu temperamento havendo me dado um pouco de forças ao nascer do dia, apavorada com a proximidade daquele cruel castelo, eu me afastei dali imediatamente, saí da floresta e, resolvida a alcançar ao completo acaso as primeiras habitações que aparecessem, entrei no burgo de Claye distante cerca de seis léguas de Paris. Perguntei pela casa do cirurgião, que me foi indicada; implorei que ele cuidasse de meus ferimentos, dizendo-lhe que, havendo fugido por alguma causa de amor da casa de minha mãe em Paris, eu havia lamentavelmente chegado nessa floresta de Bondy, onde celerados me haviam deixado como ele via. Ele prometeu tratar de mim com a condição de que eu fizesse um depoimento ao escrivão da aldeia; consenti. Possivelmente, fizeram investigações das quais jamais ouvi falar, e o cirurgião, desejando muito que eu me alojasse em sua casa até meu restabelecimento, empenhou-se nele com tanta arte que antes de um mês eu fiquei perfeitamente curada.

Tão logo meu estado me permitiu tomar ar, meu primeiro cuidado foi tratar de encontrar no povoado alguma garota bastante astuta e inteligente para ir ao castelo de Bressac se informar de tudo que se havia passado desde a minha partida. A curiosidade não era o único motivo que me determinava a essa empreitada; essa curiosidade, perigosa talvez, decerto teria sido deslocada, mas o pouco de dinheiro que eu havia recebido da condessa havia ficado em meu quarto, eu possuía menos de seis luíses em minha posse e tinha mais de trinta no castelo. Não imaginava que o marquês pudesse ser cruel a ponto de me recusar o que por direito me pertencia, e estava convencida de que passado seu primeiro furor, ele não me faria uma segunda injustiça. Escrevi uma carta a mais tocante que pude... Ai de mim, ela a era demais, meu coração triste falava ali ainda, talvez, à minha revelia, em favor do pérfido. Eu lhe ocultava cuidadosamente o lugar onde estava, e lhe suplicava que me enviasse meus pertences e o pouco de dinheiro que se encontraria em meu quarto. Uma camponesa de vinte a vinte e quatro anos, muito viva e espirituosa, me prometeu encarregar-se de minha carta e de me trazer várias informações de primeira mão para me satisfazer em sua volta sobre todos os diferentes objetos sobre os quais eu a preveni que a interrogaria. Recomendei-lhe expressamente de ocultar o lugar de onde viera, de não falar de mim a qualquer respeito, de dizer que recebera a carta de um homem que a trouxera de mais de quinze léguas de distância. Jeannette partiu, era este o nome da minha mensageira, e vinte e quatro horas depois, trouxe-me a resposta. É essencial, senhora, vos informar sobre o que se passou com o marquês de Bressac antes de vos mostrar o bilhete que recebi.

A condessa de Bressac, que adoecera gravemente no dia de minha partida do castelo, morrera subitamente na mesma noite. Não viera ninguém de Paris ao castelo, e o marquês, na maior desolação, pretendia que sua mãe havia sido envenenada por uma criada de quarto que se havia evadido no mesmo dia e que se chamava Sophie. Faziam-se buscas dessa criada de quarto, e a intenção era fazê-la perecer num cadafalso se a encontrassem. De resto, o marquês se via com essa herança muito mais rico do que havia pensado, e os cofres-fortes, as pedrarias da senhora de Bressac, todos objetos de que se tinha pouco conhecimento, deixavam o marquês, independentemente das receitas, em posse de mais de seiscentos mil francos em objetos e dinheiro vivo. Através de sua dor fingida, ele mal conseguia, diziam, esconder sua alegria, e os parentes convocados para a abertura do corpo exigida pelo marquês, após haverem deplorado a sorte da infeliz condessa e jurado vingá-la se a que havia cometido tamanho crime pudesse cair em suas mãos, haviam deixado o jovem em plena e pacata posse do objeto de sua vilania. O senhor de Bressac havia conversado em pessoa com Jeannette. Ele lhe havia feito numerosas perguntas às quais a garota havia respondido com tanta segurança e franqueza que ele resolveu entregar-lhe uma resposta, sem a pressionar mais.

Aqui está esta carta fatal — diz Sophie tirando-a do bolso — aqui está, senhora. Ela às vezes é necessária a meu coração e eu a conservarei até meu último suspiro; lede-a se puderes sem estremecer.

A senhora de Lorsange, havendo tomado o bilhete das mãos de nossa bela aventureira, leu nele as seguintes palavras:

"Uma celerada capaz de ter envenenado a minha mãe tem a audácia de ousar me escrever depois desse execrável delito. O melhor que ela tem a fazer é ocultar bem o seu refúgio; ela pode estar certa de que a perturbarão se ali a descobrirem. O que ela ousa reclamar... que diz ela de dinheiro e pertences? O que ela pode ter deixado não se equipara aos roubos que cometeu, seja durante sua estadia na casa, seja consumando seu último crime? Que ela evite um segundo envio parecido a este, porque se lhe declara que se fará prender sua emissária até que o lugar que oculta a culpada seja conhecido da justiça."

— Continuai, minha querida criança — diz a senhora de Lorsange entregando o bilhete a Sophie — estes são procedimentos que horrorizam... Nadar em ouro e recusar a uma infeliz que não quis contribuir para um crime o que ela legitimamente ganhou, é uma infâmia que não tem exemplo igual.

— Ai de mim, senhora — continuou Sophie retomando o fio de sua história — fiquei chorando dois dias sobre essa malfadada carta, e gemia muito mais pelos procedimentos horríveis que ela pintava do que pelas recusas que continha. Ali estava eu, portanto, culpada, eu exclamava, ali estava, pois, mais uma vez denunciada à justiça por ter respeitado demais seus decretos... Assim seja, não me arrependo; aconteça o que me acontecer, não conhecerei dor moral nem remorsos se minha alma for pura, e não terei cometido outros erros além de ter dado importância demais aos sentimentos de equidade e de virtude que não me abandonarão jamais. Era-me contudo impossível acreditar que as buscas de que o marquês me falava fossem para valer. Elas seriam bem pouco verossímeis. Era-lhe tão perigoso levar-me à justiça que imaginei em seu íntimo que ele ficaria infinitamente mais assustado com a minha presença diante dele, se algum dia viesse a descobrir meu paradeiro, do que eu deveria temer suas ameaças. Essas reflexões me decidiram a permanecer onde estava, e aí me colocar, se pudesse, até que meus recursos um pouco aumentados permitissem me afastar. O próprio senhor Rodin, assim se chamava o cirurgião em cuja casa me encontrava, me propôs que o servisse. E ele era um homem de trinta e cinco anos, de caráter duro, brusco, brutal, mas gozando de excelente reputação em toda a região. Muito dedicado à profissão, sem nenhuma mulher em casa, ele ficaria muito satisfeito de, voltando para casa, ali encontrar uma que cuidasse dos serviços domésticos e da sua pessoa. Ele me oferecia duzentos francos por ano e alguns benefícios de sua prática, e eu concordei com tudo. O senhor Rodin tinha um conhecimento bastante preciso do meu físico para ignorar que eu não conhecera homem. Informado também do desejo extremo que eu tinha de me preservar pura, ele me prometera jamais me atormentar sobre esse assunto. Com isso, nossos arranjos mútuos logo foram estabelecidos... mas eu não me confiei a meu novo amo, e ele sempre ignorou quem eu era.

Eu já estava havia dois anos nessa casa e embora não deixasse de sentir muita aflição, o tipo de paz de espírito de que ali gozava quase me fazia esquecer minhas penas, quando o Céu, que não desejava que uma única virtude pudesse emanar de meu coração sem me cobrir prontamente de infortúnios, veio uma vez mais me tirar da triste felicidade em que me encontrava por algum tempo para mergulhar-me em novas desgraças.

Encontrando-me sozinha um dia em casa, ao percorrer vários lugares aonde meus afazeres me chamavam, acreditei ouvir gemidos que saíam do fundo de uma adega; eu me aproximo...distingo melhor, ouço os gritos de uma garota, mas uma porta hermeticamente fechada nos separava; foi-me impossível abrir o lugar de sua reclusão. Mil ideias me passaram então pelo espírito... O que aquela criatura podia estar fazendo ali? O senhor Rodin não tinha filhos, eu não sabia de irmãs ou sobrinhas pelas quais ele pudesse nutrir algum interesse. A extrema regularidade em que o havia visto viver não me permitia acreditar que essa garota se destinasse a suas orgias. Para que fim ele a prendia então? Com intensa aflição para resolver suas dificuldades, eu ouso interrogar essa criança, perguntando-lhe o que ela faz ali e quem ela é.

— Ai de mim, senhorita — me responde, chorando, essa infeliz — sou filha de um lenhador da floresta, tenho apenas doze anos. Este senhor que aqui habita raptou-me ontem, com um de seus amigos, num momento em que meu pai estava afastado. Os dois me amarraram, me jogaram num saco cheio de farelo em cujo fundo eu não podia gritar, colocaram-me na garupa de um cavalo e me trouxeram ontem de noite para esta casa. Eles me colocaram imediatamente nesta adega; não sei o que querem fazer de mim, mas ao chegar, fizeram eu me despir, examinaram meu corpo, perguntaram-me a idade, e, por fim, aquele que parecia ser o dono da casa disse ao outro que era preciso adiar a operação para depois de amanhã à noite por causa do meu pavor, que um pouco mais tranquila, a experiência seria melhor, e que eu preencheria bem, de resto, todas as condições que *o paciente* devia ter.

A garota se calou depois dessas palavras e recomeçou a chorar com maior amargura; pedi para ela se acalmar e lhe prometi minha ajuda. Era-me muito difícil compreender o que o senhor Rodin e seu amigo, cirurgião como ele, pretendiam fazer com aquela infeliz; entretanto, a palavra *paciente*, que eu ouvira frequentemente pronunciar em outras ocasiões, me fez, no momento, desconfiar que era perfeitamente possível que eles tivessem o projeto pavoroso de fazer alguma dissecação anatômica nessa malfadada criança; antes de adotar essa cruel opinião, resolvi, contudo, me informar melhor. Rodin volta com seu amigo, eles ceiam juntos, me afastam, eu finjo que os obedeço, me escondo, e sua conversa me convence de sobra sobre o projeto horrível que pretendem.

— Jamais — diz um deles — essa parte da anatomia será perfeitamente conhecida se não for examinada com o maior cuidado numa paciente de doze ou treze anos aberta no instante do contato da dor sobre os nervos. É odioso que considerações fúteis detenham assim o progresso das artes... Pois bem, este é o caso de um sacrificado para salvar milhões; devemos vacilar diante desse preço? O assassinato operado pelas leis será de uma outra espécie do que se vai cometer em nossa operação, e o objeto dessas leis tão sábias não é o sacrifício de um para salvar mil? Que nada nos detenha então.

— Oh, por mim, estou decidido — retrucou o outro — e há muito tempo que o teria feito se tivesse ousado fazê-lo sozinho.

Não vos contarei o resto da conversa. Tratando apenas de coisas da medicina, eu não as retive, e tratei somente, daquele momento em diante, de salvar a qualquer preço essa desgraçada vítima de uma profissão valiosa, sob todos os aspectos, sem dúvida, mas cujo preço do progresso ao sacrifício da inocência me parecia caro demais. Os dois amigos se separaram e Rodin se recolheu sem falar comigo. No dia seguinte, dia destinado à cruel imolação, ele saiu como de costume dizendo que só voltaria para jantar com seu amigo, como na véspera. Apenas ele saiu, eu me ocupei apenas de meu projeto... O Céu o favoreceu, mas ousaria eu dizer se foi a inocência sacrificada que ele socorreu ou o ato de piedade da infeliz Sophie que ele se propunha a punir?... Direi o fato, vós cuidareis de decidir a questão, senhora. Oprimida como estou pela mão dessa Providência inexplicável, é-me impossível perscrutar suas intenções a meu respeito. Eu cuidei de secundar seus desígnios, fui por isso barbaramente punida, isto é tudo que posso dizer.

Desço à adega, interrogo de novo a garota... sempre o mesmo discurso, sempre os mesmos temores. Pergunto-lhe se ela sabe onde deixam a chave quando saem da prisão... Eu não sei — ela me responde — mas creio que a levam consigo... Eu procuro, em todo caso, quando sinto alguma coisa na areia embaixo de meus pés, eu me abaixo... é a chave, eu abro a porta... A pobre pequena infeliz se joga aos meus joelhos, rega minhas mãos de lágrimas com o seu reconhecimento, e sem duvidar de tudo o que arrisco, sem refletir na sorte que pode me esperar, trato de ajudar essa criança a escapar. Eu a ajudo a sair tranquilamente da aldeia sem encontrar ninguém, a recoloco no caminho da floresta, a abraço congratulando-me com ela por sua felicidade e pela que vai proporcionar a seu pai reaparecendo diante de seus olhos, e volto prontamente à casa. Na hora aprazada, nossos dois cirurgiões voltam, cheios de esperança de executar seus projetos odiosos. Eles jantam com tanta alegria quanto pressa e apenas terminam descem à adega. Eu não havia tomado outra precaução para ocultar o que havia feito além de quebrar a fechadura e recolocar a chave onde a havia encontrado para fazer crer que a menina se havia salvado sozinha, mas os que eu pretendia enganar não eram gente de se deixar facilmente cegar... Rodin retorna furioso, joga-se sobre mim e me cobrindo de pancadas, me pergunta o que eu fiz da criança que eles haviam trancado. De início eu nego... mas a minha desgraçada franqueza acaba me levando a tudo confessar. Nada será capaz de igualar as expressões duras e arrebatadas de que se serviram esses dois celerados. Um propôs me colocar no lugar da criança que eu havia salvado, o outro, suplícios ainda mais pavorosos, e seus propósitos e seus projetos, tudo isso era entremeado por golpes que me jogavam de um para o outro e me entorpeceram até me deixar no chão inconsciente. Sua raiva aplacou-se um pouco, então. Rodin me reanima e, mal recupero os sentidos, eles me ordenam que fique nua. Obedeço tremendo. Quando fico no estado que desejam, um deles me segura, o outro opera; eles me amputam um dedo de cada pé, fazem-me sentar, arrancam-me, um de cada vez, um dente do fundo da boca.

— Isso não é tudo — diz Rodin, colocando um ferro de marcar no fogo — eu a peguei *açoitada*, quero despachá-la *marcada*.

E dizendo isso, o infame, enquanto seu amigo me segura, me aplica atrás do ombro o ferro ardente com que se marcam os ladrões...

— Que ela ouse aparecer agora, a vadia, que ela ouse — diz Rodin furioso — e mostrando esta letra ignominiosa, eu legitimarei suficientemente as razões que me fizeram despachá-la com tanto segredo e presteza.

Dito isso, os dois amigos me agarram; era noite; eles me conduzem à beira da floresta e ali me abandonam cruelmente depois de me ter feito entrever todo o perigo de uma queixa contra eles, se eu quisesse fazê-la no estado de aviltamento em que estava.

Qualquer outra que não eu faria pouco dessa ameaça; se pudesse provar que o tratamento que acabava de sofrer não era obra de algum tribunal, o que teria a temer? Mas minha fraqueza, minha natural candura, o pavor de minhas infelicidades de Paris e do castelo de Bressac, tudo me aturdiu, tudo me assustou, e só pensei em me afastar daquele lugar fatídico tão logo as dores que sofria se acalmassem um pouco. Como eles haviam cuidadosamente pensado as feridas que haviam feito, isso aconteceu já na manhã seguinte, e depois de haver passado embaixo de uma árvore uma das noites mais pavorosas de minha vida, encetei marcha ao raiar do dia. Os ferimentos dos pés não me permitiam andar muito depressa, mas ansiosa para me afastar das proximidades de uma floresta para mim tão funesta, fiz quatro léguas, contudo, nesse primeiro di; no dia seguinte e no outro o mesmo tanto, mas sem me orientar, sem perguntar nada, tudo que fiz foi girar ao redor de Paris, e no quarto dia de minha marcha, à tarde, eu ainda me encontrava em Lieusaint. Sabendo que essa estrada podia me levar às províncias meridionais da França, resolvi segui-la, e alcançar como pudesse aquelas regiões distantes, imaginando que a paz e o repouso tão cruelmente recusados em minha pátria me esperavam talvez no fim do mundo.

Erro fatal! E quantas aflições ainda me restavam padecer! Minha fortuna, muito mais medíocre na casa de Rodin que na do marquês de Bressac, não me havia permitido colocar de lado uma parte de meus fundos. Por sorte eu a trazia toda comigo, isto é, cerca de dez luíses, montante que incluía o que havia salvado da casa de Bressac e o que havia ganhado no cirurgião. No auge de minha infelicidade, eu ainda me sentia feliz por não haverem me tirado esses recursos e acalentava a esperança de que eles me sustentariam ao menos até que estivesse em condição de encontrar alguma posição. As infâmias que me haviam feito não ficavam expostas, eu imaginava que poderia mantê-las sempre ocultas, e que seu estigma não me impediria de ganhar a vida. Tinha vinte e dois anos, uma saúde robusta embora fosse franzina e esguia, uma aparência pela qual, para minha infelicidade, só me acumulavam de elogios, algumas virtudes que embora me houvessem sempre prejudicado, consolavam-me, todavia, em meu íntimo e me faziam esperar que a Providência enfim lhes daria, se não algumas recompensas, ao menos algumas interrupções dos males que elas me haviam atraído. Cheia de esperança e coragem, prossegui meu caminho até Sens. Ali, como meus pés mal curados me causavam dores atrozes, resolvi descansar alguns dias, mas não ousando confiar a ninguém a causa de meus sofrimentos, e lembrando-me das drogas cujo emprego eu vira Rodin usar em ferimentos parecidos, eu as comprei e me mediquei. Uma semana de repouso me recompôs completamente. Eu poderia, talvez, ter encontrado uma colocação em Sens, mas tomada pela necessidade de me afastar, não quis nem mesmo procurar e prossegui meu caminho pensando em tentar a sorte em Dauphiné. Ouvira falar muito dessa região em minha infância e imaginava-me feliz ali. Veremos como me saí.

Em nenhuma circunstância de minha vida os sentimentos religiosos me haviam abandonado. Desprezando os vãos sofismas dos espíritos fortes, acreditando-os todos resultantes muito mais da libertinagem do que de uma sólida persuasão, eu lhes opunha minha consciência e meu coração, e encontrava por meio de uma e do outro tudo que precisava para respondê-los. Obrigada às vezes por meus infortúnios a negligenciar meus deveres de piedade, reparava essas falhas tão logo encontrava a ocasião. Acabava de sair de Auxerre em 7 de junho, jamais esquecerei esta data, havia percorrido cerca de duas léguas e o calor começando a se apoderar de mim, resolvi subir num pequeno outeiro coberto por uma nesga de bosque um pouco afastado à esquerda do caminho, com a intenção de me refrescar e cochilar por um par de horas com menos despesas que num albergue e mais segurança do que na estrada principal. Eu subo e me acomodo ao pé de um carvalho onde, depois de um desjejum frugal composto de um pouco de pão e de água, entrego-me às doçuras do sono. Ali gozei mais de duas horas de tranquilidade.

Ao despertar, alegrei-me a contemplar a paisagem que se me oferecia, sempre à esquerda do caminho. No meio de uma floresta que se estendia a perder de vista, acreditei ver, a mais de três léguas de distância, um pequeno campanário elevando-se singelamente no ar.

— Doce solidão — eu disse para mim — quanta inveja me causa teu abrigo! Deve ser o retiro de alguns religiosos ou alguns santos solitários, ocupados exclusivamente em seus deveres, consagrados totalmente à religião, afastados desta sociedade perniciosa onde o crime lutando sem descanso contra a inocência acaba sempre por triunfar. Estou certa de que ali todas as virtudes devem habitar.

Estava absorta nessas reflexões quando uma mocinha da minha idade que apascentava algumas ovelhas naquele platô, se ofereceu de repente à minha vista. Eu a inquiri sobre essa morada, ela me informou que o que eu via era um convento de recoletos, ocupado por quatro solitários que ninguém igualava na religião, continência e sobriedade.

— Vai-se ali — disse-me a moça — uma vez por ano, em peregrinação por uma virgem milagrosa da qual as pessoas piedosas obtêm tudo que desejam.

Excitada pelo desejo de ir prontamente implorar ajuda aos pés dessa santa mãe de Deus, perguntei à moça se ela queria ir comigo. Ela me disse que isso lhe era impossível, que sua mãe a esperava imediatamente em casa, mas que o caminho era fácil, ela mo indicou e me disse que o superior, o mais respeitável e mais santo dos homens, não só me receberia muito bem, mas me ofereceria, inclusive, recursos, se eu estivesse em situação de os necessitar.

— Chamam-no de reverendo padre Raphael — continuou a moça — ele é italiano, mas passou a vida na França. Ele gosta dessa solidão e recusou ao papa, seu parente, muitos e excelentes favores. É homem de uma grande família, doce, serviçal, cheio de zelo e de piedade, perto dos cinquenta anos de idade e que todo mundo vê como um santo na região.

Animada ainda mais pelo relato dessa pastora, foi-me impossível resistir ao desejo que sentia de peregrinar até esse convento e ali reparar com o máximo de atos piedosos que pudesse todas as negligências de que era culpada. Com toda a necessidade que eu mesma tinha de caridades, eu as fiz a essa moça, e eis-me a caminho de Sainte Marie-des-Bois, este era o nome do convento para onde me dirigia. Quando me achei na planície, não avistei mais o campanário e só tive a floresta para me guiar. Eu não havia perguntado à minha guia quantas léguas havia do local onde me encontrava até o convento e logo percebi que a distância era bem maior que a estimativa que havia feito. Mas nada me desencoraja. Chego à borda da floresta e vendo que ainda me resta muita claridade, decido penetrar nela, mais ou menos segura de chegar ao convento antes da noite... Entretanto, nenhum vestígio humano se oferece aos meus olhos, nenhuma casa, e por todo o caminho uma trilha, bem pouco usada, que eu seguia ao completo acaso. Eu havia percorrido pelo menos cinco léguas desde a colina onde havia achado que três no máximo levariam ao meu destino, e ainda não via nada se abrir quando, com o sol quase se pondo, escutei por fim o som de um sino a menos de uma légua de distância. Eu me dirijo para o ruído, me apresso, o caminho se alarga um pouco... e ao cabo de uma hora de caminhada desde o instante em que ouvi o sino, avisto enfim algumas sebes e logo depois o convento. Nada mais agreste que essa solidão; nenhuma habitação se avizinhava, a mais próxima distava mais de seis léguas, e para todos os lados havia ao menos três léguas de florestas. Ele estava situado numa baixada. Precisei descer bastante para ali chegar, e foi isso que me fizera perder de vista o campanário apenas me encontrei na planície. A cabana de um frade jardineiro ficava encostada no interior do muro do retiro, e era para ali que era preciso se dirigir para entrar. Eu peço ao santo eremita permissão de falar com o superior... ele me pergunta o que eu desejo... eu lhe faço saber que é um dever de religião... que um voto me atrai para esse retiro piedoso e que ficaria bastante consolada de todas as penas que tive para ali chegar se conseguisse me prostrar por um momento aos pés da virgem e do santo diretor em cuja casa habita essa imagem milagrosa. O frade me convida a repousar, entra de imediato no convento e como já era noite e os padres estavam, assim ele disse, jantando, demorou algum tempo para voltar. Ele reaparece enfim com um religioso:

— Este é o padre Clément, senhorita — diz-me o frade. — Ele é o ecônomo da casa e veio ver se o que desejais justifica que se perturbe o superior.

O padre Clément era um homem de quarenta e cinco anos com uma circunferência enorme, uma estatura gigantesca, um olhar feroz e sombrio, o som de sua voz duro e rouco, e cuja chegada fez-me estremecer em vez de me consolar... Um tremor involuntário se apoderou de mim, e sem que pudesse evitar, a lembrança de todos os meus passados infortúnios me veio à lembrança.

— O que quereis? — disse-me esse monge com extrema dureza. — Isso lá é hora de vir a uma igreja? Tendes bem o ar de uma aventureira.

— Santo homem — eu digo me prosternando — pensei que não houvesse hora para se apresentar na casa de Deus. Venho de muito longe para me entregar, cheia de fervor e devoção. Peço para me confessar se for possível, e quando minha consciência vos for conhecida, vereis se sou digna ou não de me prostrar aos pés da imagem milagrosa que conservais em vossa santa casa.

— Mas não é mais hora de se confessar — diz o monge abrandando. — Onde passaríeis a noite? Nós não temos lugar para vos alojar; melhor seria virdes pela manhã.

Diante disso eu lhe contei todas as razões que mo haviam impedido, e sem me responder mais nada, ele foi prestar contas ao superior. Alguns minutos depois eu ouvi que abriam a igreja, e o próprio superior, avançando na minha direção para a cabana do jardineiro, convidou-me a entrar com ele no templo.

O padre Raphael, do qual é bom vos dar uma ideia de imediato, era um homem da idade que me haviam dito, mas ao qual não se daria quarenta anos. Ele era magro, muito grande, de uma fisionomia espiritual e doce, falando muito bem o francês mas com uma certa pronúncia italiana, afetado e atencioso por fora, mas sombrio e feroz por dentro, do que terei muitas oportunidades de vos convencer em seguida.

— Minha filha — disse-me gentilmente esse religioso — embora a hora seja absolutamente imprópria e não tenhamos o costume de receber tão tarde, ouvirei contudo a vossa confissão e encontraremos meios de vos fazer passar decentemente a noite até a hora em que podereis saudar amanhã a santa imagem que possuímos.

Dito isso, o monge mandou acenderem umas lâmpadas em torno do confessionário, disse-me para me colocar ali, e mandando o frade se retirar e fechar todas as portas, convidou-me a me confessar a ele com inteira confiança. Perfeitamente recomposta com um homem tão doce, na aparência, dos sustos que me havia causado o padre Clément, após me haver curvado aos pés de meu diretor, abri-me toda a ele, e com minha habitual candura e confiança não o deixei ignorante de nada do que me dizia respeito. Confessei-lhe todas as minhas faltas e confiei-lhe todas as minhas desgraças, nada foi omitido, nem mesmo a marca vergonhosa com que me desonrara o execrável Rodin.

O padre Raphael me escutou com a maior atenção, fez-me inclusive repetir vários detalhes com o ar da piedade e do interesse... e suas principais perguntas se dirigiram, em diferentes ocasiões, aos assuntos seguintes:

1º Se era verdade que eu era órfã e de Paris.

2º Se era verdade que não tinha mais pais, nem amigos, nem proteção, nem alguém a quem escrevesse.

3º Se não havia dito à pastora a intenção que tinha de ir ao convento, e se não havia marcado para encontrá-la na volta;

4º Se era garantido que eu era virgem e que tinha apenas vinte e dois anos.

5° Se era certo que não havia sido seguida por ninguém, e que ninguém me vira entrar no convento.

Havendo satisfeito plenamente a essas perguntas e havendo-as respondido com o ar mais ingênuo:

— Pois bem — diz-me o monge levantando-se e me pegando pela mão — vinde, minha filha; é tarde demais para vos fazer saudar a virgem esta noite, eu vos proporcionarei a doce satisfação de comungar amanhã aos pés de sua imagem, mas comecemos tratando de vos fazer cear e dormir esta noite.

Dizendo isso, ele me conduziu para a sacristia.

— Mas — eu lhe disse então com uma espécie de apreensão que não conseguia controlar — mas, meu padre, dentro de vossa casa?

— E onde então, encantadora peregrina — respondeu-me o monge, abrindo uma das portas do claustro que dava para a sacristia e que me introduzia completamente na casa... – Ora, temeis passar a noite com quatro religiosos? Oh, vereis, meu anjo, que não somos tão beatos como parecemos e que sabemos divertir uma linda moça.

Essas palavras me fizeram estremecer: ó justo Céu, eu disse para mim, seria mais uma vez vítima de meus bons sentimentos e o desejo que tenho de me aproximar do que a religião tem de mais respeitável vai ser novamente punido como um crime? No entanto, nós continuávamos avançando para a obscuridade. No fim de um dos lados do claustro, aparece enfim uma escada, o monge faz-me passar para a sua frente, e como percebe um pouco de resistência:

— Dupla puta — disse ele, colérico, mudando prontamente o tom insinuante para a mais insolente das atitudes — achas que ainda é tempo de recuar? Irra! logo verás se não seria melhor para ti caíres num covil de ladrões do que entre quatro recoletos.

Todos os motivos de pavor se multiplicam tão rapidamente diante de meus olhos que nem tenho tempo de ficar alarmada com essas palavras. Mal elas chegam até mim e novos motivos de alarme vêm assaltar meus sentidos. A porta se abre, e eu vejo ao redor de uma mesa três monges e três garotas, os seis no estado mais indecente do mundo. Duas das moças estavam completamente nuas tratando de despir a terceira, e os monges estavam quase no mesmo estado...

— Meus amigos — diz Raphael ao entrar — faltava-nos uma, ei-la. Permiti que vos apresente um verdadeiro fenômeno; eis uma Lucrécia que traz nos ombros a marca das moças de má vida e ali – continuou ele fazendo um gesto tão significativo quanto indecente... — ali, meus amigos, a prova garantida de uma virgindade admitida.

As gargalhadas se fizeram ouvir de todos os cantos da sala a essa apresentação singular, e Clément, o que eu havia visto primeiro, prontamente gritou, já meio embriagado, que precisava verificar os fatos imediatamente. A necessidade de vos descrever as pessoas com as quais estava obriga-me a me interromper aqui; deixar-vos-ei o menos possível em suspenso sobre a minha situação.

Já conheceis o suficiente de Raphael e Clément para que eu possa passar aos dois outros. Antonin, o terceiro dos padres desse convento, era um homem pequeno de quarenta anos, seco, franzino, com um temperamento de fogo, um rosto de sátiro, peludo como um urso, de uma libertinagem desenfreada, uma implicância e uma maldade sem igual. O padre Jérome, decano da casa, era um velho libertino de sessenta anos, homem tão duro e brutal quanto Clément, e ainda mais beberrão do que ele, e que, entediado com os prazeres ordinários, para encontrar algum resto de volúpia era obrigado a recorrer a expedientes tão depravados quanto repugnantes.

Florette era a mais jovem das mulheres. Ela era de Dijon, com idade em torno dos quatorze, filha de um grande burguês dessa cidade e sequestrada por satélites de Raphael que, rico e muito influente em sua Ordem, não negligenciava nada que pudesse servir a suas paixões. Ela era bondosa, de olhos muito bonitos e traços muito brejeiros. *Cornélie* tinha quase dezesseis anos, era loira, de aparência muito interessante, belos cabelos, uma pele radiante, e o mais lindo talhe possível. Era de Auxerre, filha de um comerciante de vinho e fora seduzida pelo próprio Raphael que a havia atraído secretamente para suas armadilhas. *Omphale* era uma mulher de trinta anos muito grande, com um rosto muito doce e agradável, com todas as formas muito pronunciadas, cabelos soberbos, o mais belo colo possível, e os olhos mais ternos que se poderia encontrar. Ela era filha de um vinhateiro de Joigny muito bem de vida, e estava às vésperas de desposar um homem que ia fazer sua fortuna quando Jérome a tirou de sua família com as seduções mais extraordinárias, aos dezesseis anos de idade. Era essa a sociedade com a qual eu ia conviver, era essa a cloaca de impureza e imundície onde eu havia esperado encontrar as virtudes como no retiro respeitável que lhes convinha.

Assim que fiquei no meio do círculo pavoroso, logo me fizeram ouvir que o melhor que teria a fazer era imitar a submissão de minhas companheiras.

— Imaginais facilmente — disse-me Raphael — que de nada adiantaria tentardes resistir no retiro inatingível aonde vossa má sorte vos conduziu. Haveis, assim dizeis, sofrido grandes desgraças, e isso é verdade segundo vossos relatos, mas vejais contudo que a maior de todas para uma moça virtuosa ainda falta na lista de vossos infortúnios. Será natural ser virgem em vossa idade, e isso não será uma espécie de milagre que não poderia se prolongar por muito mais tempo?... Aqui estão companheiras que como vós fizeram cerimônias quando se viram forçadas a nos servir, e como ides, sabiamente, fazer, acabaram se submetendo quando viram que isso só lhes poderia render maus tratos. Na situação em que estais, Sophie, como esperaríeis vos defender? Observai o abandono em que estais no mundo. Por vossa própria confissão, não vos restam pais, nem amigos. Vede vossa situação num deserto, fora do alcance de qualquer socorro, ignorada por toda a terra, nas mãos de quatro libertinos que seguramente não têm vontade de vos poupar... A quem recorreríeis então? Seria a esse deus a quem viestes implorar com tanto zelo, e que se aproveita desse fervor para vos precipitar um pouco mais seguramente na armadilha? Vede, pois, que não há poder humano ou divino que possa vos tirar de nossas mãos, não há nem na classe das coisas possíveis, nem da dos milagres, algum meio que possa vos fazer conservar por mais tempo essa virtude de que tanto vos orgulhais, que possa enfim vos impedir de se tornar, em todos os sentidos e de todas as maneiras imagináveis, presa dos excessos impuros aos quais nós quatro iremos nos entregar convosco. Despi-vos, pois, Sophie, e que a resignação mais completa vos possa valer bondades de nossa parte. Que serão no mesmo instante substituídas pelos tratamentos mais duros e mais ignominiosos se não vos submeterdes, tratamentos que só conseguirão nos irritar mais sem vos colocar ao abrigo de nossa intemperança e de nossas brutalidades.

Eu sentia perfeitamente que esse terrível discurso não me deixava nenhuma saída, mas terei sido culpada de não empregar aquele que me indicava o coração e que ainda me deixava a natureza? Jogo-me aos pés de Raphael, emprego todas as forças de minha alma para suplicar-lhe para não abusar de meu estado, as lágrimas mais amargas vêm inundar seus joelhos, e tudo que minha alma consegue me ditar de mais patético, ouso tentar chorando, mas eu ainda não sabia que as lágrimas são um atrativo a mais aos olhos do crime e da devassidão, ignorava que tudo o que eu tentava para comover esses monstros só conseguiria inflamá-los... Raphael se levanta enfurecido:

— Segurai esta pobretona, Antonin — disse ele franzindo o cenho — e despindo-a imediatamente diante de nossos olhos, ensinai-lhe que não é com homens como nós que a compaixão terá prerrogativas.

Antonin me agarrou com um braço seco e nervoso e entremeando seus propósitos e seus atos com maldições pavorosas, em dois minutos arrancou minhas roupas e me pôs nua aos olhos do conjunto.

— Que bela criatura — disse Jérome — que o convento me esmague se em trinta anos já vi uma mais bela.

— Um momento — diz o superior — coloquemos um pouco de ordem em nossos procedimentos. Vós conheceis, meus amigos, nossas fórmulas de recepção; que ela passe por todas sem nenhuma exceção, que durante esse tempo, as outras três mulheres fiquem em torno de nós para atender às necessidades ou para as excitar.

Forma-se imediatamente um círculo, colocam-me no meio, e ali, durante mais de duas horas, eu sou examinada, considerada, apalpada por esses quatro libertinos, recebendo de um por um elogios ou críticas. Vós me permitireis, senhora — disse nossa bela prisioneira ruborizando fortemente aqui — ocultar uma parte dos detalhes obscenos que se observaram nesta primeira cerimônia. Que vossa imaginação se represente tudo que o deboche pode, em tais casos, ditar a libertinos, que ela os veja passar sucessivamente de minhas companheiras a mim, comparar, aproximar, confrontar, discorrer, e ela terá verossimilmente apenas uma leve ideia de tudo que se executou nessas primeiras orgias, bem leves, contudo, em comparação com todos os horrores que em breve me vitimariam ainda.

— Vamos — diz Raphael cujos desejos prodigiosamente excitados pareciam a ponto de não poderem mais ser contidos — já é tempo de imolar a vítima. Que cada um de nós se prepare para submetê-la a seus prazeres favoritos.

E o patife, havendo me colocado sobre um sofá na atitude apropriada para seus prazeres execráveis, fazendo-me segurar por Antonin e Clément... Raphael, italiano, monge e depravado, satisfazia-se vergonhosamente sem me fazer deixar de ser virgem.Ó cúmulo do desvario! Dir-se-ia que cada um desses homens ignominiosos considerava uma glória esquecer a natureza na escolha de seus indignos prazeres. Clément avança, excitado pelo espetáculo das infâmias de seu superior, muito mais ainda por tudo a que ele se entregou observando.

Ele me declara que não será mais perigoso para mim do que seu superior e que o lugar aonde sua homenagem vai se oferecer deixará igualmente minha virtude intacta. Ele me faz ajoelhar, e colando-se a mim nesta postura, suas pérfidas paixões se exercem num lugar que me impede, durante o sacrifício, de poder me queixar de sua irregularidade. Jérome vem em seguida, seu templo era o mesmo de Raphael, mas ele não chegou ao santuário. Contente de observar o adro, emocionado com episódios primitivos cuja obscenidade não se descreve, ele só alcançava a realização de seus desejos com meios bárbaros dos quais me vistes prestes a me tornar vítima com Dubourg e o ser de fato nas mãos de Bressac.

— Foram ditosos preparativos — diz Antonin me agarrando — vinde, franguinha, vinde, que eu vos vingo da irregularidade de meus confrades, e que colho enfim as primícias honrosas que sua intemperança me deixa...

Mas que detalhes... grande Deus... é-me impossível vos descrever. Dir-se-ia que esse celerado, o mais libertino dos quatro embora parecesse o menos afastado do espírito da natureza, só consentiu em se aproximar dela, em pôr um pouco menos de inconformidade em seu culto, ressarcindo-se dessa aparência de uma depravação menor por tudo que mais podia me ultrajar... Pobre de mim, se alguma vez minha imaginação se havia perdido nesses prazeres, eu os acreditava castos como o Deus que os inspirava, doados pela natureza para servir de consolo aos humanos, nascidos do amor e da delicadeza. Eu estava muito longe de acreditar que o homem, a exemplo das bestas ferozes, só pudesse gozar fazendo fremir suas companheiras. Eu o sofri, e com um grau tamanho de violência que as dores da dilaceração natural de minha virgindade foram as menores que tive de suportar nesse perigoso ataque, mas foi no momento de sua crise que Antonin terminou com gritos tão furiosos, com investidas tão assassinas sobre todas as partes de meu corpo, com mordidas enfim tão parecidas às carícias sanguinolentas dos tigres, que por um momento me acreditei presa de algum animal selvagem que só se saciaria me devorando. Encerrados esses horrores, caí sobre o altar onde havia sido imolada, quase sem consciência e sem movimento.

Raphael ordenou às mulheres que cuidassem de mim e me fizessem comer, mas profundo acesso de tristeza veio acometer minha alma nesse momento cruel. Não consegui suportar a horrível ideia de ter perdido enfim o tesouro da virgindade pelo qual eu teria sacrificado cem vezes a vida, de me ver estigmatizada por aqueles dos quais, ao contrário, eu mais devia esperar ajuda e consolo moral. Minhas lágrimas correram com profusão, meus gritos ecoaram pela sala, eu rolava pelo chão arrancando os cabelos, suplicava a meus carrascos que me dessem a morte, e embora esses celerados endurecidos para tais cenas se ocupassem mais de provar novos prazeres com minhas companheiras do que de acalmar minha dor ou consolá-la, importunados porém pelos meus gritos, decidiram mandar-me descansar num lugar onde não pudessem ouvi-los... Omphale ia me conduzir para lá quando o pérfido Raphael, observando-me ainda com lascívia apesar do estado cruel em que eu estava, disse que não consentiria que me enviassem sem que ele me fizesse uma vez ainda sua vítima... Mal concebeu esse projeto ele o executa... mas com seus desejos precisando de um grau maior de excitação, não foi sem antes usar os meios cruéis de Jérome que ele conseguiu encontrar as forças necessárias à realização de seu novo crime... Que excesso de devassidão, grande Deus! Seria possível que esses debochados fossem tão ferozes para escolher o momento de uma crise de dor moral tão violenta como a que eu experimentava para me fazer sofrer uma física tão bárbara?

— Oh! À fé — diz Antonin me retomando também — nada melhor que seguir o exemplo de um superior, e nada é mais picante que as reincidências: a dor, dizem, predispõe ao prazer, estou convencido de que esta bela criança vai me tornar o mais feliz dos homens.

E apesar de minhas repugnâncias, apesar de meus gritos e súplicas, eu me torno pela segunda vez o alvo infeliz dos desejos insolentes desse miserável... Por fim eles me deixam partir.

— Se não me houvesse precipitado quando esta bela princesa chegou — diz Clément — por Deus que ela não sairia sem servir uma segunda vez a minhas paixões, mas ela não perde por esperar.

— Prometo-lhe a mesma coisa — diz Jérome, fazendo-me sentir o vigor de seu braço no instante em que eu passava perto dele — mas por esta noite vamos todos nos deitar.

Como Raphael era da mesma opinião, as orgias foram interrompidas. Ele reteve Florette que com certeza passou a noite com ele, e cada um se dispersou. Eu estava sob os cuidados de Omphale; esta sultana mais velha que as outras me pareceu a que estava encarregada de cuidar das irmãs. Ela me levou a nosso alojamento comum, espécie de torre quadrada em cujos cantos havia um leito para cada uma das quatro. Um dos monges seguia ordinariamente as garotas quando elas se retiravam e trancava a porta com dois ou três ferrolhos. Clément foi quem se encarregou desse cuidado. Uma vez ali, era impossível sair, não havia outra saída desse quarto além de um banheiro para atender a nossas necessidades e nossas toaletes, cuja janela era tão solidamente gradeada quanto a do lugar onde dormíamos. De resto, nenhum tipo de mobiliário, uma cadeira e uma mesa perto do leito que era cercado por uma cortina indiana, algumas arcas de madeira no banheiro, cadeiras furadas, bidês e uma mesa comum de toalete. Foi somente no dia seguinte que percebi isso tudo. Abatida demais para ver alguma coisa no primeiro momento, ocupei-me somente da minha dor. Ó justo Céu, eu me dizia, está escrito então que nenhum ato de virtude emanará de meu coração sem que ele seja logo acompanhado por um castigo! Que mal fazia eu então, grande Deus, desejando vir realizar nesta casa algum dever de piedade, ofendi o Céu querendo chegar aqui, será este o preço que eu devia esperar? Ó decretos insondáveis da Providência, dignai por um momento vos abrirdes a meus olhos se não quereis que eu me revolte contra vossas leis! Lágrimas amargas acompanharam essas reflexões e eu já estava inundada nelas quando Omphale se aproximou de meu leito.

— Querida companheira — ela me diz — venho te exortar a tomar coragem. Eu chorei como tu nos primeiros dias e agora o hábito se impôs, tu farás como eu. Os primeiros momentos são terríveis; não é apenas a obrigação de aplacar perpetuamente os desejos desenfreados desses devassos que faz o suplício de nossa vida, é a perda de nossa liberdade, é a maneira brutal como somos tratadas nesta casa infame... Os desgraçados se consolam vendo outros sofrerem ao seu lado. Por mais lancinantes que fossem minhas dores, eu as aplaquei por um instante para rogar que minha companheira me colocasse a par dos males que me esperavam. — Escuta — diz Omphale sentando-se em meu leito — vou te falar em confiança, mas lembra-te de não abusar disso jamais... O mais cruel dos males, minha querida amiga, é a incerteza de nossa sorte. É impossível dizer o que será de nós quando se deixa este lugar. Nós só temos as provas que nossa solidão nos permite conseguir, que as garotas dispensadas pelos monges não reaparecem jamais no mundo. Eles mesmos nos previnem disso, eles não nos escondem que este lugar é nosso túmulo; contudo, não há ano em que não saiam duas ou três. O que lhes acontece então? Eles se desfazem delas? Algumas vezes nos dizem que sim, outras garantem que não. Mas nenhuma das que saíram, por mais promessas que nos houvessem feito de levar queixas contra este convento e trabalhar pela nossa soltura, nenhuma, eu digo, manteve a palavra. Eles aplacam essas queixas, ou as deixam sem condições de as fazer? Quando perguntamos às que chegam notícias das antigas, elas nunca têm nenhum conhecimento delas. O que acontece, então, com essas infelizes? Eis o que nos atormenta, Sophie, eis a fatal incerteza que constitui o verdadeiro tormento de nossos desgraçados dias. Há quatorze anos que estou nesta casa e são mais de cinquenta as garotas que eu vi partir... onde estão elas? Por que todas, havendo jurado nos servir, nenhuma jamais manteve a palavra? Nosso número é fixado em quatro... ao menos neste quarto, porque todas nós estamos persuadidas de que existe uma outra torre que corresponde a esta daqui e onde eles conservam um número igual. Muitos traços de sua conduta, muitos de suas conversas nos convenceram disso, mas se essas companheiras existem, nós jamais as vimos. Uma das maiores provas que temos desse fato é que jamais servimos dois dias seguidos; fomos usadas ontem, repousaremos hoje. Ora, esses devassos certamente não fazem um dia de abstinência. Quanto ao mais, nada legitima nossa saída, a idade, a mudança dos traços, o enfado, os desgostos, nada além de seu capricho lhes determina a nos dar essa dispensa fatal da qual nos é impossível saber de que maneira ela nos vale. Eu vi aqui uma mulher de setenta anos, ela só partiu no verão passado; fazia sessenta anos que aqui estava, e enquanto retínhamos esta, vi dispensarem mais de doze que não tinham dezesseis anos. Vi algumas partirem três dias depois de sua chegada, outras ao cabo de um mês, outras de muitos anos. Não há a esse respeito nenhuma regra além de sua vontade, ou melhor, de seu capricho. A conduta também não conta; vi umas que voavam diante de seus desejos e partiam ao cabo de seis semanas; outras desagradáveis e caprichosas que eles seguravam por muitíssimos anos. É inútil, pois, prescrever a uma que chega algum tipo de conduta; a fantasia deles quebra todas as leis, nada é seguro com eles. Quanto aos monges, eles pouco variam; faz quinze anos que Raphael está aqui, faz dezesseis que Clément habita o local, Jérome faz trinta anos, Antonin dez; é o único que eu vi chegar. Ele substituiu um monge de sessenta anos, que morreu por excesso de orgias... Esse Raphael, florentino de origem, é parente próximo do papa com o qual mantém boas relações; é graças a ele apenas que a virgem milagrosa assegura a reputação do convento e impede os maledicentes de observar mais de perto o que acontece aqui, mas a casa estava montada como tu vês quando ele chegou. Há quase oitenta anos que ela está, dizem, neste mesmo pé e que todos os superiores que aqui vieram conservaram uma ordem tão vantajosa para seu prazer. Raphael, um dos monges mais libertinos de seu século, só conseguiu se colocar aqui porque a conhecia, e sua intenção é de manter os segredos privilegiados por todo tempo que puder. Nós pertencemos à diocese de Auxerre, mas se o bispo está informado ou não, jamais o vemos aparecer nestes lugares. Em geral, eles são pouco frequentados. Tirante o período da festa que ocorre perto do fim de agosto, não aparecem por aqui dez pessoas durante o ano. Entretanto, quando alguns estranhos aparecerem, o superior tem o cuidado de recebê-los bem e de se lhes impor com inúmeras aparências de austeridade e de religião; eles retornam daqui contentes, elogiam a casa, e assim a impudicícia desses celerados se estabelece sobre a boa fé do povo e a credulidade dos devotos. Nada é tão severo, de resto, quanto os regulamentos de nossa conduta, e nada é tão perigoso para nós do que transgredi-los no que quer que seja. É essencial que eu entre em alguns detalhes contigo sobre esse artigo, continuou minha instrutora, porque não é uma desculpa dizer aqui: *Não me puni pela infração dessa lei, eu a ignorava*; é preciso ou se fazer instruir por suas companheiras, ou adivinhar por conta própria; não nos previnem de nada, e castigam-nos por tudo. A única correção aceita é o chicote; era bastante simples que um episódio dos prazeres desses celerados se tornasse sua punição favorita; tu a provaste sem cometer falta ontem, em breve a provarás por havê-la cometido; os quatro se obstinam nesse costume bárbaro, e como algoz os quatro o praticam um de cada vez. Cada dia há um a quem chamam de regente do dia; é ele quem recebe os relatórios da decana do quarto, que fica encarregado do policiamento interno do serralho, de tudo que se passa nos jantares aos quais somos admitidas, que classifica as faltas e ele próprio as pune; repassemos cada um desses artigos. Somos obrigadas a estar de pé e vestidas às nove da manhã; às dez, trazem-nos pão e água para o desjejum; às duas horas, servem o almoço que consiste numa sopa muito boa, um pouco de cozido, um prato de legumes, às vezes um pouco de fruta, e uma garrafa de vinho para nós quatro. Regularmente, todos os dias, verão ou inverno, às cinco horas da tarde o regente vem nos visitar; é aí que ele recebe as delações da decana; e as queixas que esta pode fazer dizem respeito à conduta das moças de seu quarto, se não ocorreu alguma murmuração de zanga ou de revolta, se se levantaram na hora aprazada, se as toaletes de cabeça e de limpeza foram perfeitas, se se comeu como é preciso e se não se tramou alguma evasão. É preciso prestar contas exatas de todas essas coisas, e nós mesmas nos arriscamos a sermos punidas se não o fizermos. Depois disso, o regente do dia entra no nosso banheiro e ali inspeciona várias coisas; feita sua tarefa, é raro ele sair sem se divertir com uma de nós e, muitas vezes, com as quatro. Assim que ele sai, se ainda não é nosso dia de jantar, ficamos livres para ler ou conversar, para nos distrairmos entre nós e deitarmos à hora que quisermos. Se devemos jantar nesta noite com os monges, um sino toca prevenindo para nos prepararmos; o regente do dia vem nos buscar em pessoa, nos conduz até aquela sala onde nos viste, e a primeira coisa que se faz é ler o caderno das faltas desde a última vez que estivemos ali; primeiro as faltas cometidas nesse último jantar, consistindo em negligências, esfriamento com os monges nos momentos em que os servimos, em falta de urbanidade, de submissão ou de limpeza; a isso se soma a lista das faltas cometidas no quarto durante os dois dias conforme o relatório da decana. As faltosas se colocam uma de cada vez no meio da sala; o regente do dia declina sua infração e a classifica; em seguida elas são despidas pela decana ou a subdecana se foi a primeira a faltosa, e o regente lhe administra a punição prescrita de uma maneira tão enérgica que seja difícil a elas esquecerem. Ora, tal é a arte desses celerados que é quase impossível existir um único dia em que não se executem alguns castigos. Cumprida essa diligência, as orgias começam, e seria impossível detalhar-te; caprichos tão bizarros lá poderiam ser regrados? O objetivo fundamental é de jamais recusar nada... prevenir tudo, e por melhor que seja este meio, ainda não se fica às vezes muito segura. No meio das orgias, janta-se; somos admitidas nessa refeição, sempre mais refinada e mais suntuosa que as nossas; os bacanais recomeçam quando nossos monges estão meio embriagados; à meia-noite todos eles se separam, e cada um é soberano para conservar uma de nós para a noite. Essa favorita vai se deitar na cela daquele que a escolheu e vem nos encontrar no dia seguinte; as outras voltam, e encontram então seu quarto limpo, as camas e os guarda-roupas arrumados. De manhã, algumas vezes quando já nos levantamos, antes da hora do desjejum, acontece de um monge vir requisitar uma de nós para a sua cela; é o frade que cuida de nós que vem nos buscar e que nos conduz ao monge que nos deseja, o qual nos traz ele mesmo ou nos faz reconduzir por esse mesmo frade que em breve verás, de sessenta anos, vesgo, manco e mudo; ele é ajudado no serviço geral da casa por três outros, um que prepara a comida, um que arruma as celas dos padres, varre tudo e também ajuda na cozinha, e o porteiro que viste ao entrar. Desses frades nós só vemos o que nos servem e a menor palavra a ele seria um de nossos crimes mais graves. O superior às vezes vem nos visitar; há então algumas cerimônias de costume que a prática te ensinará e cuja inobservância se torna crime, porque o desejo que eles têm de encontrá-la para ter o prazer de puni-las os faz multiplicá-las a cada dia. Raramente Raphael vem nos visitar sem algum projeto e esses projetos são sempre cruéis e irregulares como tiveste a oportunidade de te convencer. Quanto ao resto, sempre rigorosamente encerradas, não há nenhuma ocasião do ano em que nos deixam tomar ar, embora exista um jardim bem grande, mas ele não está gradeado, e temia-se uma evasão ainda mais perigosa porque ao instruir a justiça temporal ou espiritual sobre todos os crimes que aqui se cometem, estes seriam prontamente enquadrados. Nós jamais cumprimos qualquer dever religioso; somos proibidas de pensar ou de falar nisso; essas conversas são um dos agravos que mais seguramente merecem punição. Isso é tudo que posso te dizer, minha querida companheira — acrescentou a decana — a experiência te ensinará o resto; toma coragem se isto te for possível, mas renuncia para sempre ao mundo, não há nenhum exemplo de uma garota saída desta casa que tenha sido vista de novo.

Este último ponto me inquietando horrivelmente, perguntei a Omphale qual era sua verdadeira opinião sobre a sorte das garotas dispensadas.

— O que queres que te responda a isso — disse ela — a esperança destrói a cada instante esta infeliz opinião. Tudo me prova que um túmulo lhes serve de retiro, e mil ideias que não passam de esperanças infantis vêm a todo instante destruir essa convicção tão fatal. Somos prevenidas apenas pela manhã — prosseguiu Omphale — da dispensa que pensam para nós; o regente do dia vem antes do desjejum e diz, assim imagino: *Omphale, preparai vossa mala, o convento vos dispensa, virei vos buscar no início da noite*, e sai. A dispensada abraça suas companheiras, ela lhes promete milhares de vezes servi-las, levar queixas, divulgar o que acontece. Chega a hora, o monge vem, a garota parte, e não se ouve falar mais dela. Contudo, se é um dia de jantar, as coisas transcorrem como de ordinário. A única coisa que notamos nesses dias, é que os monges se fatigam muito menos, que eles bebem muito mais, que nos despacham muito mais cedo e que nenhuma fica para dormir.

— Querida amiga — eu digo à decana agradecendo-lhe por suas instruções — talvez tenhais lidado apenas com crianças que não tiveram força suficiente para manter suas palavras... gostaríeis de fazer comigo esta promessa recíproca? Eu começo por te jurar de antemão por tudo que tenho de mais sagrado no mundo que, ou eu morrerei, ou destruirei estas infâmias. Me prometes o mesmo de tua parte?

— Com certeza — diz Omphale — mas fica certa da inutilidade dessas promessas; garotas com mais idade do que tu, talvez ainda mais magoadas se é possível, pertencendo a famílias mais distintas da província e tendo assim mais experiência do que tu, garotas em uma palavra que teriam dado seu sangue por mim, faltaram aos mesmos juramentos. Permita pois que minha cruel experiência veja a nossa como vã e não contar com ela.

Nós conversamos em seguida sobre o caráter dos monges e o de nossas companheiras.

— Não há homem na Europa — diz-me Omphale — mais perigoso que Raphael e Antonin. A falsidade, a perfídia, a maldade, a implicância, a crueldade, a irreligião são suas qualidades naturais e jamais se vê tanta alegria em seus olhos do que quando eles estão mais entregues aos seus vícios. Clément, que parece o mais brusco, é, contudo, o melhor de todos; ele só é temível quando está embriagado; é preciso tomar muito cuidado para não o contrariar então, correr-se-ia com frequência grandes riscos. Quanto a Jérome, ele é naturalmente brutal, as bofetadas, os chutes e socos são lucros certos com ele, mas quando suas paixões se extinguem, ele se torna doce como um cordeiro, diferença fundamental que existe entre ele e os dois primeiros que só reanimam as suas com traições e atrocidades. Com respeito às garotas — continuou a decana — há muito pouco a dizer. Florette é uma criança que não tem muito espírito e da qual se faz o que se quiser. Cornélie tem muita alma e sensibilidade, nada a pode consolar de sua sorte.

Recebidas essas instruções, perguntei a minha companheira se não era absolutamente possível descobrir se havia ou não uma torre contendo outras infelizes como nós:

— Se elas existem como eu quase tenho certeza — diz Omphale — só poderíamos saber disso por alguma indiscrição dos monges, ou pelo frade mudo que nos servindo cuida delas também sem dúvida; mas esses esclarecimentos se tornariam muito perigosos. De que nos serviria, aliás, saber se estamos sós ou não, já que não podemos nos ajudar? Se agora me perguntas que provas tenho de que este fato é mais do que verossímil, eu te direi que muitas de suas conversas descuidadas são mais que suficientes para nos convencer disso; que uma vez, aliás, saindo de manhã depois de dormir com Raphael, no momento em que eu passava pela soleira de sua porta, e que ele ia me seguir para me trazer pessoalmente, eu vi, sem que ele percebesse, o frade mudo entrar na cela de Antonin com uma moça muito bonita de dezessete a dezoito anos que certamente não era do nosso quarto. O frade, vendo-se percebido, precipitou-a depressa na cela de Antonin, mas eu a vi. Ele não deu nenhuma queixa e tudo ficou nisso; eu teria me arriscado muito se isso ficasse conhecido. É garantido, portanto, que existem outras mulheres aqui além de nós e que, como só jantamos com os monges dia sim dia não, elas jantam ali nos outros dias, em número muito possivelmente igual ao nosso.

Mal Omphale havia terminado de falar Florette voltou da cela de Raphael onde havia passado a noite, e como era expressamente proibido que as moças contassem, umas às outras, o que lhes acontecia nestes casos, ao nos ver despertas ela simplesmente nos desejou bom-dia e se atirou exausta na cama onde permaneceu até as nove horas, horário normal de todas levantarem. A terna Cornélie se aproximou de mim, ela chorou me contemplando... e me disse:

— Ó minha querida senhorita, que criaturas desgraçadas nós somos!

Trouxeram o desjejum, minhas companheiras me obrigaram a comer um pouco, eu o fiz para agradá-las. O dia transcorreu com muita tranquilidade. Às cinco horas, como havia dito Omphale, o regente do dia entrou; era Antonin, que me perguntou rindo como eu estava depois da aventura, e como eu lhe respondi apenas abaixando os olhos marejados de lágrimas:

— Ela se acostumará, ela se acostumará — disse ele zombeteiro — não há casa na França melhor do que esta para enfiar as garotas.

Ele fez sua inspeção, recebeu a lista das faltas das mãos da decana que, boa demais para sobrecarregá-la, dizia com frequência que não tinha nada a relatar, e antes de nos deixar Antonin se aproximou de mim... Eu estremeci, acreditei que ia me tornar uma vez mais a vítima desse monstro, mas como isso podia acontecer a qualquer momento, que importância haveria que fosse naquele, ou no dia seguinte? Entretanto, fui desonerada com algumas carícias brutais e ele se atirou sobre Cornélie, ordenando enquanto operava a todas que estávamos lá para virem servir a suas paixões. O celerado, cheio de volúpia, não recusando nenhuma espécie delas, termina sua operação com esta infeliz como havia feito comigo na véspera, isto é, com os mais deliberados episódios de brutalidade e depravação. Esses tipos de grupos eram formados com muita frequência; era costume quase sempre que um monge desfrutava de uma das irmãs, que as outras três o cercassem para inflamar seus sentidos de todos os lados e para que a volúpia pudesse penetrar nele por todos os seus órgãos. Coloco aqui esses detalhes impuros com o fim de não voltar mais a eles, sendo minha intenção não me aprofundar mais na indecência dessas cenas. Esboçar uma é pintá-las todas, e durante a longa estadia que fiz nessa casa, meu projeto é de só vos falar dos acontecimentos essenciais sem vos horrorizar demoradamente com detalhes. Como não era nosso dia de jantar, ficamos bastante tranquilas, minhas companheiras me consolaram o melhor que podiam, mas nada podia amenizar tristezas da ordem das minhas; em vão elas o tentaram, quanto mais elas me falavam de meus males, mais eles me pareciam pungentes.

Às nove horas do dia seguinte, o superior veio me procurar embora não fosse o dia, ele perguntou a Omphale se eu começara a me decidir, e sem ouvir a resposta, abriu um dos baús de nosso armário de onde tirou várias roupas de mulher:

— Como não trouxestes nada — disse ele — é bom pensarmos em vos vestir, talvez um pouco mais por nós que por vós; ao menos assim nenhum reconhecimento; eu não concordo com todas essas roupas inúteis e se deixássemos as meninas que nos servem nuas como animais, me parece que o inconveniente seria muito pequeno, mas nossos padres são gente do mundo que querem luxo e adereço, e é preciso então satisfazê-los.

E ele jogou na cama várias roupas caseiras e meia dúzia de blusas, algumas toucas, meias e sapatos, e me disse para provar tudo isso. Ele assistiu minha toalete e não se furtou de nenhuma das apalpadelas indecentes que a situação lhe pudesse permitir. Escolheu três vestidos de tafetá, um de estampa indiana, que podiam me servir; permitiu-me ficar com eles, e de me arranjar igualmente com o resto, lembrando-me de que tudo aquilo pertencia à casa e de devolvê-lo se saísse antes de o usar. Como esses diferentes detalhes lhe recordaram algumas imagens que o inflamaram, ele ordenou que eu me colocasse na posição que sabia lhe agradar... eu quis pedir clemência, mas vendo já a raiva e a cólera em seus olhos, achei que o mais fácil seria obedecer. Eu me postei... o libertino, cercado pelas outras três garotas, se satisfez como de hábito à revelia dos costumes, da religião e da natureza. Eu o havia inflamado, ele me festejou bastante durante o jantar, e fui designada para passar a noite com ele. Minhas companheiras se retiraram e eu fui para o seu apartamento. Não vos falo mais nem de minhas repugnâncias, nem de minhas dores, senhora, vós vo-las representais extremas sem dúvida, e sua descrição monótona prejudicaria talvez as que me restam vos fazer. Raphael tinha uma cela encantadora, mobiliada com gosto e volúpia; ali não faltava nada que pudesse tornar aquela solidão tão agradável quanto apropriada ao prazer. Apenas ficamos trancados, Raphael tendo ficado nu e me ordenado que o imitasse, fez-se demoradamente excitar para o prazer pelos mesmos meios com os quais se abrasava em seguida como agente. Posso dizer que nessa noite eu fiz um curso de libertinagem tão completo quanto a mundana mais habituada a esses exercícios impuros. Depois de ter sido amante, voltei logo a ser escolar, mas era preciso que eu tratasse como me tratavam, e embora não me houvessem pedido indulgência, eu logo me vi na situação de implorá-la com lágrimas ardentes. Mas zombaram de minhas orações, e tomaram contra meus movimentos as precauções mais bárbaras, e quando se viram perfeitamente senhores de mim, fui tratada duas horas inteiras com uma severidade sem par. Ali não se atinham às partes destinadas a esse uso, percorriam tudo indistintamente, os lugares mais opostos, os globos mais delicados, nada escapava ao furor de meu carrasco cujas titilações de volúpia se moldavam sobre os dolorosos sintomas que acolhiam preciosamente seus olhares.

— Deitemo-nos — disse-me ele enfim —, talvez seja demais para ti, e certamente não o bastante para mim. Ninguém se cansa desse santo exercício, e tudo isso é apenas a imagem do que se gostaria de fazer.

Nós nos deitamos. Raphael, sempre tão libertino quanto depravado, fez-me durante toda a noite escrava de seus prazeres criminosos. Aproveitei um momento de calma em que julguei vê-lo durante essas orgias, para suplicar que me dissesse se eu devia esperar sair daquela casa algum dia.

— Com certeza — respondeu Raphael — tu entraste apenas para isto; quando nós quatro houvermos concordado em te conceder tua saída, tu a terás certamente.

— Mas — disse eu querendo tirar-lhe alguma coisa — não temeis que moças mais jovens e menos discretas do que eu, o que juro ser por toda minha vida, não iriam quem sabe revelar o que é praticado aqui?

— Isso é impossível — diz o superior.

— Impossível?

— Oh, com toda certeza.

— Poderíeis me explicar...

— Não, este é nosso segredo, mas tudo que posso te dizer é que discreta ou não, ser-te-á absolutamente impossível revelar quando estiveres fora, o que aqui se pratica.

Ditas estas palavras, ele me ordenou brutalmente para mudar de assunto e não ousei replicar. Às sete da manhã, ele mandou o frade me reconduzir ao meu quarto, e somando ao que me havia dito o que havia tirado de Omphale, só pude me convencer com muito pesar, sem dúvida, de que era mais do que certo que os partidos mais violentos eram tomados contra as moças que deixavam a casa, e que se elas não falavam jamais, é que as fechando no caixão tiravam-lhes todos os meios disso. Eu me arrepiei durante muito tempo com essa ideia terrível e conseguindo dissipá-la enfim à força de combatê-la com a esperança, me aturdi como minhas companheiras.

Em uma semana terminou a minha iniciação e nesse período eu tive a espantosa facilidade de me convencer dos diferentes desvios, das diversas infâmias praticadas sucessivamente por cada um dos monges, mas com todos, como acontecia com Raphael, a chama da libertinagem só se acendia com os excessos da ferocidade, e como se esse vício dos corações corrompidos devesse ser neles o órgão de todos os outros, era somente o exercendo que o prazer os coroava.

Antonin foi aquele que mais me fez sofrer; é impossível imaginar a que ponto esse celerado levava a crueldade no delírio de suas perversões. Guiado sempre por esses tenebrosos desvios, só eles o dispunham ao gozo, sustentavam seus fogos enquanto ele o experimentava, e só eles serviam para aperfeiçoá-lo quando ele estava em seu último estágio.

Espantada que os meios que ele empregava não resultassem, apesar de seu rigor, na fecundação de alguma de suas vítimas, perguntei a nossa decana como ele evitava.

— Destruindo no próprio local — disse-me Omphale — o fruto que seu ardor colocou. Assim que ele percebe algum progresso, eles nos obrigam a engolir durante três dias seguidos seis grandes copos de uma certa tisana que não deixa no quarto dia nenhum vestígio de sua intemperança. Isso aconteceu com Cornélie, isso me aconteceu três vezes, e não decorre daí nenhum inconveniente para nossa saúde, ao contrário, parece que nos sentimos muito melhor depois. De resto, ele é o único, como vês, continuou minha companheira, com o qual esse perigo deve ser temido; a irregularidade dos desejos de cada um dos outros não nos deixa nada a recear.

Omphale me perguntou então se não era verdade que de todos, Clément fosse aquele do qual eu tinha menos a temer.

— Ai de mim — respondi — no meio de uma multidão de horrores e de impurezas que ora desagradam e ora revoltam, é-me muito difícil dizer qual o que menos me fatiga; já estou farta de todos, e gostaria de sair seja qual for a sorte que me espere.

— Mas é possível que sejas logo satisfeita — continuou Omphale. — Vieste para cá por acaso, não se contava contigo. Oito dias antes de tua chegada, acabavam de fazer uma dispensa, e jamais se procedeu a uma operação destas sem que tivessem certeza da substituição. Nem sempre são eles mesmos que fazem os recrutamentos; eles têm agentes bem pagos que os servem com dedicação; estou quase certa de que a qualquer momento virá uma nova, de modo que teus desejos poderiam se realizar. Aliás, estamos às vésperas da festa; raramente esta época transcorre sem lhes trazer alguma coisa; ou eles seduzem as garotas por meio da confissão, ou trancam alguma, mas é raro que nesse acontecimento não haja sempre algum petisco de franguinha.

Chegou enfim essa famosa festa; acreditaríeis, senhora, a que impiedade monstruosa se entregaram esses monges nesse acontecimento? Eles imaginaram que um verdadeiro milagre visível duplicaria o brilho de sua reputação, e assim vestiram Florette, a menor e mais nova de nós, com todos os ornamentos da virgem, penderam-na pelo meio do corpo com cordões que não se viam e lhe ordenaram que levantasse os braços com compunção para o Céu quando a hóstia fosse levantada até ela. Como essa infeliz criaturinha era ameaçada do tratamento mais cruel se viesse a dizer uma palavra ou não cumprisse seu papel, ela fez o melhor que pôde e a fraude teve todo o sucesso que se poderia esperar; o povo gritou milagre, deixou ricas oferendas à virgem e partiu dali mais convencido do que nunca da eficácia das graças dessa mãe celeste.

Nossos libertinos quiseram, para aperfeiçoar sua impiedade, que Florette aparecesse no jantar com as mesmas roupas que lhe haviam atraído tantas homenagens, e cada um deles inflamou seus odiosos desejos a submetê-la com essas vestes à irregularidade de seus caprichos. Excitados com esse primeiro crime, os monstros não pararam por aí. Eles a estenderam em seguida nua, deitada de bruços sobre uma grande mesa, acenderam círios, colocaram a imagem de nossa salvadora à sua cabeça e ousaram consumar sobre as nádegas dessa infeliz o mais temível de nossos mistérios. Eu desmaiei ante esse espetáculo pavoroso, não consegui me conter. Raphael, vendo isso, disse que para me amansar era preciso que eu servisse, por minha vez, de altar. Agarraram-me, colocaram-me no lugar de Florette e o infame italiano, com episódios muito mais atrozes e muito mais sacrílegos, consumou sobre mim o mesmo horror que acabava de praticar sobre minha companheira. Retiraram-me de lá sem movimento, foi preciso me carregar até o quarto onde eu chorei três dias seguidos com lágrimas muito amargas o crime horrível a que havia me prestado sem querer... Esta lembrança ainda dilacera meu coração, senhora, não consigo recordá-la sem derramar lágrimas; a religião é em mim o efeito do sentimento, tudo o que a ofende ou ultraja faz-me jorrar o sangue do coração.

Entretanto, não nos pareceu que a nova companheira que esperávamos tivesse sido apanhada na afluência popular que a festa havia atraído; talvez esse recrutamento houvesse acontecido no outro serralho, mas nada aconteceu conosco. As coisas se mantiveram assim por algumas semanas. Fazia já seis que eu estava naquela casa odiosa quando Raphael entrou por volta das nove horas da manhã em nossa torre. Ele parecia muito inflamado, uma espécie de desregramento se estampava em seus olhares. Ele examinou todas nós, colocou-nos, uma a uma, em sua posição predileta, e parou particularmente em Omphale. Ele fica vários minutos contemplando-a nessa postura, agita-se surdamente, entrega-se a alguma de suas fantasias preferidas, mas não consuma nada... Em seguida, fazendo-a levantar-se, ele a fita por alguns instantes com olhos severos e a ferocidade pintada nas feições:

— Já nos servistes demais — disse-lhe ele enfim — a sociedade vos dispensa, eu vos trago a vossa demissão. Preparavos, virei vos buscar pessoalmente ao anoitecer.

Dito isso, ele a examina de novo com o mesmo ar e sai bruscamente do quarto.

Assim que ele saiu, Omphale se atirou nos meus braços.

— Ah — disse ela em prantos — chegou o momento que eu tanto temi quanto desejei... o que vai ser de mim, grande Deus!

Fiz o que pude para acalmá-la, mas nada deu resultado. Ela me prometeu com as juras mais expressivas fazer de tudo para nos soltar e para dar queixa contra aqueles traidores se lhe deixassem meios, e a maneira como ela mo prometeu não me permitiu duvidar por um momento disso, que ela o faria, ou que muito certamente a coisa era impossível. O dia transcorreu como de costume, e por volta das seis horas, Raphael reapareceu.

— Vamos — disse ele bruscamente a Omphale — estais pronta?

— Sim, meu padre.

— Partamos, partamos imediatamente.

— Permiti que eu abrace minhas companheiras.

— Bom, bom, isto é inútil — diz o monge puxando-a pelo braço — esperam-vos, segui-me.

Então ela perguntou se devia levar suas roupas.

— Nada, nada — disse Raphael — não é tudo da casa? Não tendes mais necessidade de tudo isso.

Depois, recompondo-se como alguém que houvesse falado demais:

— Todos estes pertences vos serão inúteis, vós fareis outros sob medida que vos cairão melhor.

Perguntei ao monge se ele me permitia acompanhar Omphale somente até a porta da casa, mas ele me respondeu com um olhar tão feroz e tão duro que eu recuei de pavor sem insistir na pergunta. Nossa desgraçada companheira saiu virando para mim seus olhos cheios de inquietação e de lágrimas, e assim que ela saiu, nós três nos abandonamos à tristeza que essa separação nos causava. Meia hora depois Antonin veio nos buscar para o jantar. Raphael só apareceu uma hora depois que nos fizeram descer. Ele tinha um ar muito agitado, falou várias vezes em voz baixa com os outros e, no entanto, tudo se passou como de hábito. Eu notei, contudo, como Omphale me havia prevenido, que nos fizeram subir bem mais cedo para nossos quartos e que os monges, que beberam infinitamente mais que de costume, dedicaram-se a excitar seus desejos sem jamais se permitir consumá-los. Que inferências tirar dessas observações? Eu as fiz porque nos acautelamos com tudo nessas ocasiões, mas quanto às consequências, eu não tive ânimo de as ver, e talvez não vos relatarei essas particularidades sem o efeito espantoso que elas me causaram.

Ficamos quatro dias esperando notícias de Omphale, ora persuadidas de que ela não faltaria ao juramento que fizera, convencidas no momento seguinte de que os meios cruéis que se adotariam com ela lhe tirariam qualquer possibilidade de nos ser útil; nos desesperamos, enfim, e nossa inquietação se agravou ainda mais. No quarto dia depois da partida de Omphale, fizeram-nos descer para o jantar como era de se esperar, mas qual não foi a nossa surpresa ao ver uma nova companheira entrando pela porta de fora no mesmo instante em que aparecíamos pela nossa.

— Eis aquela que a sociedade destina a substituir a última partida, senhoritas — nos disse Raphael. — Tende a bondade de viver com ela como uma irmã, e de lhe amenizar a sorte em tudo que depender de vós. Sophie — disse-me então o superior — sois a mais velha da classe, e eu vos elevo ao posto de decana; conheceis os deveres, cuidai de cumpri-los com precisão.

Eu gostaria muito de recusar, mas não o podendo, perpetuamente obrigada a sacrificar meus desejos e minhas vontades às desses homens vilãos, inclinei-me e prometi tudo fazer para que ele ficasse contente.

Retirou-se então do busto da nova companheira os manteletes e véus que cobriam seu corpo e sua cabeça, e vimos uma garota de quinze anos de idade com feições as mais interessantes e mais delicadas; seus olhos, mesmo úmidos de lágrimas, nos pareceram soberbos, e ela os ergueu com graça para cada uma de nós e posso dizer que em toda minha vida jamais vi olhares mais ternos. Ela tinha longos cabelos loiros acinzentados caindo sobre os ombros em cachos naturais, uma boca fresca e vermelha, a cabeça nobremente assentada e algo de tão sedutor no conjunto que era impossível vê-la sem se sentir involuntariamente atraída para ela. Nós logo ficamos sabendo dela mesma (e acrescento aqui para fazer apenas um artigo no que lhe diz respeito) que ela se chamava Octavie, que era filha de um grande comerciante de Lyon, que acabava de ser educada em Paris, e que retornava de lá com uma governanta para a casa dos pais quando, atacada durante a noite entre Auxerre e Vennenton, haviam-na raptado contra sua vontade para trazê-la a esta casa sem que ela tivesse podido saber da carruagem que a conduzia e da mulher que a acompanhava; havia uma hora que ela estava trancada sozinha num quarto do porão e ali se entregava ao desespero quando vieram buscá-la para se reunir a nós, sem que nenhum monge lhe tivesse dirigido uma única palavra ainda.

Nossos quatro libertinos, tomados momentaneamente pelo êxtase diante de tantos encantos, só tiveram forças para os admirar. O império da beleza constrange ao respeito. O celerado mais corrompido rende-lhe, apesar de tudo, uma espécie de culto que não se infringe sem remorsos. Mas monstros como aqueles com os quais lidávamos amolecem pouco sob tais freios.

— Vamos, senhorita — disse o superior — mostrai-nos, eu vos peço, se o resto de vossos encantos correspondem aos que a natureza coloca com tanta profusão em vossas feições.

E como a bela moça se atrapalhasse, como ela enrubescia sem compreender o que lhe queriam dizer, o brutal Antonin a agarrou pelo braço e lhe disse com maldições e censuras de uma indecência enorme para que me seja possível repeti-las:

— Não compreendeis então, pequena presunçosa, que o que querem vos dizer é para vos pordes imediatamente toda nua...

Novos prantos... novas defesas, mas Clément a agarrando prontamente faz desaparecer num instante tudo o que protege o pudor dessa atraente criatura. Era difícil que os encantos que a decência ocultava em Octavie correspondessem melhor aos que o costume lhe permitia mostrar.

Jamais se viu sem dúvida uma pele mais branca, jamais formas mais felizes, e, contudo, tanto frescor, tanta inocência e delicadeza iam se tornar presa daqueles bárbaros. Era apenas para ser desonrada por eles que a natureza parecia ter-lhe prodigalizado tantos favores. O círculo se formou ao redor dela, e assim como eu fizera, ela o percorreu em todos os sentidos. O inflamado Antonin não teve força para resistir, um cruel atentado sobre esses encantos nascentes determina a homenagem e o incenso fumega aos pés do deus...

Raphael percebe que é hora de pensar em coisas mais sérias; ele próprio não estando em estado de esperar, apodera-se da vítima, posiciona-a de acordo com seus desejos; não conseguindo trazê-la para seus cuidados, pede a Clément para segurá-la. Octavie chora, não a escutam; o fogo brilha nos olhos desse execrável italiano. Senhor do lugar que tomará de assalto, dir-se-ia que ele só considera suas avenidas para melhor prevenir todas as resistências; nenhum artifício, nenhum preparativo se emprega. A enorme desproporção entre o assaltante e a rebelde não tolhe menos a conquista; um grito pungente da vítima nos anuncia enfim a sua derrota. Mas nada aplaca seu confiante vencedor; quanto mais ela parece implorar sua graça, mais ele a pressiona com ferocidade, e a infeliz, como eu, é vergonhosamente ultrajada sem deixar de ser virgem.

— Jamais a vitória me foi mais difícil — disse Raphael se recompondo. — Achei que pela primeira vez na vida eu fracassaria em alcançá-la.

— Que eu a tome por lá — disse Antonin sem deixar que ela se levantasse. — Há mais de uma brecha na muralha e vós haveis tomado apenas uma.

Ele disse, e avançando confiantemente para o combate, num minuto torna-se senhor do lugar; de novo gemidos se fazem ouvir...

— Deus seja louvado — disse esse monstro horrível — eu teria duvidado da derrota sem as lamentações da vencida, e só calculo meu triunfo quando ele custou prantos.

— Na verdade — disse Jérome avançando com seus fasces na mão — eu tampouco perturbarei essa doce atitude, ela favorece mais os meus desígnios.

Ele estuda, toca, apalpa, o ar logo reverbera com um assobio pavoroso. Aquelas belas carnes mudam de cores, a tintura do encarnado mais brilhante se mistura ao esplendor dos lírios, mas aquilo que distrairia talvez por um instante o amor se a moderação guiasse suas manias, torna-se incessantemente um crime contra suas leis. Nada detém o pérfido monge; quanto mais a escolar se queixa mais explode a severidade do regente... tudo é tratado da mesma maneira, nada merece graça a seus olhos; logo não há nenhuma parte desse belo corpo que não mostre a marca da sua barbárie. E é enfim sobre os vestígios sangrentos de seus odiosos prazeres que o pérfido aplaca seus fogos.

— Serei mais doce do que tudo isso — disse Clément agarrando a bela entre seus braços e colando um beijo impuro em sua boca de coral... — Eis o templo onde eu vou sacrificar...

Alguns novos beijos o inflamam ainda sobre essa boca adorável, moldada pela própria Vênus. Ele obriga a infeliz menina às infâmias que o deleitam, e o órgão feliz dos prazeres, o mais doce asilo do amor se emporcalha enfim com horrores.

O resto da noitada se torna semelhante a tudo que sabeis, mas a beleza, a idade tocante dessa moça inflamando ainda mais aqueles celerados, todas suas atrocidades redobraram e a saciedade, muito mais que a piedade, ao reenviar essa infortunada a seu quarto, lhe devolveu ao menos por algumas horas a calma de que ela precisava. Eu desejava muito consolá-la ao menos nessa primeira noite, mas obrigada a ir com Antonin, eu mesma me vi, ao contrário, na situação de precisar de ajuda. Tive a infelicidade, não de agradar, a palavra não seria conveniente, mas de excitar mais ardentemente que alguma outra os infames desejos desse debochado, e já fazia tempo que poucas semanas transcorriam sem que não passasse quatro ou cinco noites em seu quarto. No dia seguinte, eu reencontrei a nova companheira aos prantos, disse-lhe tudo que me fora dito para me acalmar sem conseguir com ela mais do que haviam conseguido comigo. Não é muito fácil consolar-se de uma mudança de sorte tão repentina; essa garota, aliás, tinha um grande fundo de piedade, de virtude, de honra e de sentimento, seu estado só lhe parecia mais cruel.

Raphael, em cujo agrado incorrera, passou muitas noites seguidas com ela, e pouco a pouco ela fez como as outras, ela se consolou de suas desgraças com a esperança de vê-las terminar um dia. Omphale tivera razão ao me dizer que a antiguidade não tinha nada a ver com as dispensas que, ditadas somente pelo capricho dos monges ou, talvez, por algumas averiguações posteriores, podia-se sofrê-las tanto ao cabo de oito dias como de vinte anos. Não se haviam completado ainda seis semanas que Octavie estava entre nós, quando Raphael veio anunciar-lhe sua partida... ela nos fez as mesmas promessas que Omphale e desapareceu como ela sem que jamais houvéssemos sabido o que aconteceu com ela.

Ficamos cerca de um mês sem ver chegar uma substituta. Foi nesse período que eu tive, como Omphale, a oportunidade de me persuadir de que não éramos as únicas garotas que habitavam aquela casa e que um outro edifício sem dúvida encerrava um número idêntico ao nosso, mas Omphale só pôde desconfiar e minha aventura bem mais convincente confirmou inteiramente as minhas suspeitas; eis como isso aconteceu. Eu vinha de passar a noite com Raphael e saía como de hábito às sete horas da manhã, quando um frade tão velho, tão repugnante quanto o nosso e que eu jamais havia visto, apareceu de repente no corredor com uma moça grande de dezoito a vinte anos que me pareceu muito bonita e muito formosa. Raphael, que devia me levar, se demorava; ele chegou quando eu estava positivamente diante dessa moça que o frade não sabia onde enfiar para a subtrair de meus olhares.

— Para onde levais essa criatura? — disse o superior enfurecido.

— Para vossa cela, reverendo padre — disse o abominável mercúrio. — Vossa Grandeza esquece que me ordenou que o fizesse ontem à noite.

— Eu vos disse às nove horas.

— Às sete, monsenhor, vós me haveis dito que a queríeis ver antes de vossa missa.

E durante todo esse tempo eu examinava essa companheira que me olhava com igual espanto.

— Bem, pouco importa — disse Raphael levando-me para seu quarto e fazendo aí entrar essa moça. — Aí está, Sophie — disse-me ele após haver trancado a porta e deixando o frade à espera — esta garota ocupa numa outra torre o mesmo posto que ocupais na vossa, ela é decana. Não há nenhum inconveniente que nossas duas decanas se conheçam, e para que o conhecimento seja mais completo, Sophie, vou te mostrar nossa Marianne completamente nua.

Essa Marianne, que me parecia uma garota muito descarada, se despiu num instante, e Raphael me ordenando para excitar seus desejos, a submeteu diante de meus olhos a seus prazeres prediletos.

— Eis para que eu a queria — disse o infame tão logo ficou satisfeito — basta que eu tenha passado a noite com uma garota para desejar uma nova de manhã. Nada é insaciável como nossos desejos, quanto mais sacrificamos a eles, mais eles se inflamam; embora seja sempre mais ou menos a mesma coisa, supõe-se sempre novos atrativos, e o momento em que a saciedade extingue nossos desejos com uma é aquele em que a mesma libertinagem os vem acender com a outra. Vós sois duas garotas de confiança, assim calai-vos ambas. Ide, Sophie, ide, o frade vos conduzirá. Tenho um novo mistério a celebrar ainda com vossa companheira.

Eu prometi o segredo que se me exigia e saí, perfeitamente convencida agora de que não éramos as únicas que servíamos aos prazeres monstruosos daqueles libertinos desenfreados.

Octavie foi imediatamente substituída, porém; uma pequena camponesa de doze anos fresca e bonita mas bem inferior a ela, foi o objeto que colocaram em seu lugar. Antes de dois anos eu me tornei a mais antiga. Florette e Cornélie partiram por sua vez, jurando-me como Omphale me enviar notícias suas e não o conseguindo mais que aquela infortunada; ambas acabavam de ser substituídas, Florette por uma garota de quinze anos de Dijon, grande bochechuda contando apenas com seu frescor e sua idade; Cornélie por uma garota de Autun pertencente a uma família muito honrada, e de uma beleza singular. Esta última, com dezesseis anos, me havia felizmente roubado o coração de Antonin, quando eu percebi que se perdesse as boas graças desse libertino, estaria imediatamente às vésperas de perder igualmente meu crédito junto aos outros. A inconstância desses desgraçados me fez temer por minha sorte. Eu percebi perfeitamente que ela anunciava minha saída, e tinha certeza de que essa cruel dispensa era uma sentença de morte. Eu disse em certo momento: infeliz como estava, devia então me aferrar à vida, e a maior felicidade que poderia me chegar não seria deixá-la? Essas reflexões me consolaram e me fizeram aguardar minha sorte com tanta resignação que não empreguei nenhum recurso para recuperar meu crédito. Os maus procedimentos me arrasavam, não havia instante em que não se queixassem de mim, um dia em que não fosse punida. Eu rezava ao Céu e esperava minha sentença. Estava talvez na véspera de recebê-la quando a mão da Providência, cansada de me atormentar da mesma maneira, arrancou-me desse novo abismo para me mergulhar prontamente em outro. Não nos estendamos sobre os acontecimentos e comecemos por vos contar aquilo que nos libertou enfim a todas das mãos desses insignes debochados.

Era preciso que os exemplos pavorosos do vício recompensado se mantivessem ainda nessa circunstância, como o haviam feito sempre, no meu entender, em cada acontecimento de minha vida. Estava escrito que os que me haviam atormentado, humilhado, mantido presa, receberiam sem cessar sob meus olhos o prêmio por suas maldades, como se a Providência houvesse assumido a tarefa de me mostrar a inutilidade da virtude; funesta lição que nada me corrigiu e que, conseguisse eu escapar ainda da espada suspensa sobre minha cabeça, não me impediria de ser eternamente escrava dessa divindade de meu coração.

Uma manhã, sem que o esperássemos, Antonin apareceu em nosso quarto e nos anunciou que o reverendo padre Raphael, parente e protegido do Santo Padre, acabava de ser nomeado por Sua Santidade o Geral da Ordem de São Francisco.

— E eu, minhas crianças — ele nos disse — passei à guardiania de Lyon. Dois novos padres vão nos substituir imediatamente nesta casa, talvez cheguem hoje mesmo. Nós não os conhecemos. É possível que eles mandem cada uma de vós para casa ou que vos conservem, mas seja qual for a vossa sorte, aconselho-vos, para vosso bem, e pela honra dos dois confrades que aqui deixamos, ocultar os detalhes de nossa conduta e confessar apenas o que for impossível não revelar.

Uma notícia tão agradável para nós não nos permitiria recusar a esse monge o que ele parecia desejar; todas nós prometemos o que ele desejava, e o libertino quis ainda nos dar seu adeus às quatro. O fim vislumbrado dos infortúnios faz suportar-lhes os últimos golpes sem se queixar. Nós não lhe recusamos nada e ele saiu para se separar para sempre de nós. Serviram-nos o jantar como de costume. Cerca de duas horas depois, o padre Clément entrou em nosso quarto com dois religiosos veneráveis tanto por sua idade como por sua aparência.

— Admiti, meu padre — diz um deles a Clément — admiti que essa devassidão é horrível e que é muito singular que o Céu a tenha suportado por tanto tempo.

Clément admitiu humildemente tudo, ele se desculpou dizendo que nem ele nem seus confrades haviam inovado nada, e que todos haviam encontrado tudo no estado em que lhes era entregue; que na verdade os sujeitos variavam, mas que eles também haviam encontrado essa variedade estabelecida, e que em tudo eles haviam apenas seguido o costume indicado por seus predecessores.

— Seja — retomou o mesmo padre que me pareceu ser o novo superior e que o era de fato — seja, mas destruamos bem depressa este execrável deboche, meu padre, ele revoltaria as pessoas do mundo, eu vos deixo pensando o que ele deve ser para religiosos.

Esse padre nos perguntou então o que pretendíamos fazer.

Cada uma respondeu que deseja retornar ou para sua região ou para sua família.

— Assim será, minhas crianças — disse o monge — e eu vos devolverei inclusive a cada uma a quantia necessária para ali chegarem, mas é preciso que partais uma de cada vez, com dois dias de distância, que partais sós, a pé, e que jamais reveleis nada do que se passou nesta casa.

Nós juramos... mas o superior não se contentou com esse juramento, ele nos exortou a nos aproximarmos dos sacramentos; nenhuma de nós se recusou e ali ele nos fez jurar ao pé do altar que esconderíamos para sempre o que se havia passado nesse convento. Eu o fiz como as outras, e se infrinjo junto a vós minha promessa, senhora, é que peguei antes o espírito que a letra do juramento que esse bom padre exigiu. Seu objetivo era que não se fizesse jamais nenhuma queixa, e estou perfeitamente segura em vos contando essas aventuras que jamais resultará algum inconveniente para a Ordem desses padres. Minhas companheiras partiram primeiro e como nos era proibido marcar algum encontro e nos haviam separado desde a chegada do novo superior, nós não nos encontramos mais. Tendo pedido para ir para Grenoble, deram-me dois luíses para ali chegar. Recuperei as roupas que trazia ao chegar àquela casa, encontrei nelas os oito luíses que me restavam ainda, e cheia de satisfação de fugir enfim para sempre daquele asilo pavoroso do vício, e de sair dali de uma maneira tão amena e inesperada, penetrei na floresta e me achei na estrada de Auxerre, no mesmo lugar onde a havia deixado para vir me colocar em apuros, três anos exatos depois dessa estupidez, isto é com a idade então de quase vinte e cinco. Meu primeiro cuidado foi cair de joelhos e pedir a Deus novos perdões pelas faltas involuntárias que havia cometido. Eu o fiz com mais compunção ainda do que havia feito junto aos altares conspurcados da casa infame que deixava com tanta alegria. Lágrimas de pesar correram então de meus olhos. Pobre de mim, disse, eu era pura quando deixei outrora esta mesma estrada, guiada por um princípio de devoção tão funestamente corrompido... e em que triste estado eu me vejo agora! Acalmando um pouco essas reflexões funestas com o prazer de me ver livre, continuei meu caminho. Para não vos aborrecer por mais tempo, senhora, com detalhes que temo cansarão vossa paciência, só me deterei mais, se assim vos aprouver, nos acontecimentos, ou que me parecerem coisas essenciais, ou que mudaram de novo o curso de minha vida. Havendo repousado alguns dias em Lyon, lancei os olhos por acaso numa gazeta estrangeira pertencente à mulher em cuja casa me hospedava, e qual não foi minha surpresa de ali ver o crime coroado, de ali ver no pináculo um dos principais autores de meus males. Rodin, aquele infame que me havia tão cruelmente castigado por lhe ter poupado um assassinato, obrigado a deixar a França por haver ali cometido outros, sem dúvida, acabava, assim dizia essa folha de notícias, de ser nomeado primeiro cirurgião do rei da Suécia com vencimentos consideráveis. Que ele seja afortunado, o celerado, disse-me eu, que ele o seja, posto que a Providência o deseja; e tu, infeliz criatura, sofras só, sofras sem te lamentares, pois está escrito que as atribulações e as penas devem ser a horrível partilha da virtude!

Parti de Lyon ao cabo de três dias para tomar a estrada do Dauphiné, tomada pela louca esperança de que um pouco de prosperidade me esperava naquela província. Ainda não havia me distanciado duas léguas de Lyon, viajando sempre a pé, como de costume, com um par de camisas e lenços nos bolsos, encontrei uma velha que me abordou com o ar compungido e me implorou que lhe desse alguma esmola. Consoante com meu natural, sem conhecer maior prazer no mundo que o de servir, tiro no mesmo instante minha bolsa com a intenção de tirar dali algumas peças de dinheiro e dá-las a essa mulher, mas a indigna criatura, muito mais ágil do que eu embora a houvesse julgado de início velha e alquebrada, agarrou lepidamente minha bolsa, derrubando-me com um soco vigoroso no estômago, e só reapareceu, quando eu me levantei, a cem passos dali cercada por quatro patifes que me faziam gestos ameaçadores para o caso de eu ousar me aproximar. Oh justo Céu, eu exclamava cheia de amargura, será possível então que nenhum gesto virtuoso possa brotar de mim que não seja no mesmo instante punido com os infortúnios mais cruéis que se possa temer no universo! Nesse momento terrível, toda minha coragem esteve perto de me abandonar. Hoje eu peço perdão ao Céu, mas a revolta esteve muito perto de meu coração. Duas opções terríveis se colocaram para mim; podia ir me juntar aos patifes que acabavam de me lesar tão cruelmente, ou retornar a Lyon e me abandonar à libertinagem... Deus me fez a graça de não sucumbir e embora a esperança que ele acendeu de novo em minha alma fosse tão somente a aurora de adversidades ainda mais terríveis, agradeço-lhe por me haver amparado. O encadeamento de desgraças que hoje me conduz, conquanto inocente, ao cadafalso, não me destinará nada além da morte; outras opções me teriam valido a vergonha, os remorsos, a infâmia, e o primeiro é bem menos cruel para mim que o resto.

Prossegui meu caminho decidida a vender em Vienne os poucos bens que me pertenciam para chegar a Grenoble. Eu caminhava cabisbaixa quando, a um quarto de légua dessa cidade, percebi, na planície à direita do caminho, dois homens montados que pisoteavam um terceiro com as patas de seus cavalos, e que depois de o haver deixado como morto, fugiram à brida solta. Esse espetáculo horrível me enterneceu até às lágrimas... Ai de mim, eu me disse, aí está um infeliz mais lamentável do que eu; a mim me restam ao menos a saúde e a força, posso ganhar a vida, e se ele não for rico, se estiver na mesma situação que eu, ei-lo estropiado para o resto de seus dias. O que vai ser dele? Por mais que tentasse me defender desses sentimentos de comiseração, por mais cruelmente que viesse a ser punida por eles, não pude resistir a me entregar de novo a eles. Aproximo-me desse moribundo; trazia comigo um pouco de aguardente, e o fiz respirá-la; ele abre os olhos, seus primeiros movimentos são de gratidão, eles me induzem a prosseguir com meus cuidados; eu rasgo uma de minhas camisas para limpá-lo, um dos únicos bens que me restam para prolongar a vida, eu a faço em pedaços para esse homem, estanco o sangue que corre de algumas de suas chagas, dou-lhe de beber um pouco de vinho do qual levava uma pequena provisão num frasco para reanimar minha marcha nos momentos de lassidão, emprego o resto para umedecer suas contusões. Por fim esse infeliz recupera de repente as forças e o ânimo; embora a pé e com tão pouca bagagem, ele parecia remediado, tinha alguns objetos de valor, anéis, um relógio, e outras joias, mas muito danificados por sua aventura. Ele me pergunta por fim, tão logo consegue falar, que anjo da guarda lhe traz socorro, e o que ele pode fazer para testemunhar sua gratidão. Tendo ainda a bonomia de acreditar que uma alma dominada pela gratidão devesse ficar do meu lado para sempre, acreditando poder gozar em segurança o doce prazer de partilhar meus prantos com aquele que acabava de verter os seus em meus braços, eu lhe conto todas minhas aventuras, ele as escuta com interesse, e quando terminei pela última catástrofe que me acabava de suceder, cujo relato lhe permite ver o estado cruel de miséria em que me encontro:

— Como sou afortunado — ele exclama — de poder ao menos reconhecer tudo o que acabais de fazer por mim! Eu me chamo Dalville, continua esse aventureiro, possuo um belíssimo castelo nas montanhas a quinze léguas daqui; eu vos proponho um retiro ali se quiserdes me seguir, e para que essa oferta não alarme minimamente vossa delicadeza, vou explicar-vos em seguida em que me sereis útil. Sou casado, minha mulher tem necessidade ao seu lado de uma mulher segura; nós demitimos recentemente um mau elemento, eu vos ofereço seu lugar.

Agradeci humildemente ao meu protetor e lhe perguntei por qual circunstância um homem como ele me parecia se aventurava a viajar sem companhia e se expunha, como acabava de lhe acontecer, a ser maltratado por escroques.

— Um pouco rechonchudo, jovem e vigoroso, eu tenho há muito tempo — me diz Dalville — o hábito de ir de casa a Vienne desta maneira; minha saúde e minha bolsa ganham com isso. Não se trata porém de que eu esteja precisando economizar nas despesas, porque graças a Deus sou rico e vereis prontamente a prova se fizerdes a gentileza de vir comigo. Esses dois homens que vistes com os quais acabo de me haver são dois fidalgotes da região, sem mais que a capa e a espada, um guarda de posto, o outro gendarme, isto é, dois escroques; ganhei cem luíses deles na semana passada numa casa de Vienne; muito longe de terem consigo uma trigésima parte, contentei-me com sua palavra, os reencontro hoje, cobro o que eles me devem... e haveis visto como eles me pagaram.

Deplorava com esse honesto cavalheiro a dupla infelicidade de que fora vítima, quando ele me propôs retomarmos o caminho.

— Sinto-me um pouco melhor, graças a vossos cuidados — disse Dalville. — A noite se aproxima, alcancemos uma pousada a cerca de duas léguas daqui, de onde com os cavalos que ali tomaremos amanhã de manhã, poderemos chegar a minha na mesma noite talvez.

Absolutamente decidida a aproveitar o socorro que o Céu parecia me enviar, ajudo Dalville a recomeçar a marcha, eu o amparo ao longo da estrada, e abandonando totalmente o caminho conhecido, avançamos por atalhos em linha direta para os Alpes. Encontramos, de fato, quase duas léguas depois, o albergue que Dalville havia indicado, ali ceamos juntos com alegria e decência; após a refeição, ele me recomenda à dona da pousada que me põe para dormir ao seu lado, e no dia seguinte, sobre duas mulas de aluguel que um criado do albergue escoltava a pé, alcançamos as fronteiras do Dauphiné, dirigindo-nos sempre para as montanhas. Dalville, muito maltratado, não conseguiu se sustentar durante todo o percurso, e eu própria fiquei indisposta pois pouco acostumada a viajar daquela maneira, sentia-me igualmente incomodada. Paramos em Virieu onde experimentei os mesmos cuidados e as mesmas regalias de meu guia, e no dia seguinte continuamos nossa marcha sempre na mesma direção. Por volta das quatro horas da tarde, chegamos no sopé das montanhas; ali, como o caminho se tornava quase impraticável, Dalville recomendou ao arrieiro para não sair do meu lado temendo um acidente, e nós enveredamos pelos desfiladeiros; tudo que fizemos foi contornar e subir por quase quatro léguas, e havíamos deixado para trás toda habitação e todo caminho humano que me acreditei no fim do mundo. Fui tomada por uma certa apreensão contra a minha vontade. Extraviando-me ali nas rochas inatingíveis, eu me lembrei dos rodeios na floresta do convento de Sainte-Marie-des-Bois, e a aversão que havia adquirido por todos os lugares ermos me fez estremecer daquele. Finalmente avistamos um castelo empoleirado na beira de um precipício pavoroso e que, parecendo suspenso sobre a ponta de uma rocha escarpada, dava antes a ideia de uma morada de espectros que de pessoas feitas para a sociedade. Nós avistávamos esse castelo ao qual não parecia chegar nenhum caminho; o que nós seguíamos, percorrido somente por cabras, cheio de pedregulhos por todos os lados, conduzia até ele, porém, mas por rodeios infinitos:

— Eis a minha casa — disse Dalville, tão logo acreditou que o castelo me batera na vista, e sobre o que lhe testemunhei de meu espanto de o ver habitar em tamanha solidão, ele me respondeu com muita brusquidão que cada um morava onde podia. Fiquei tão chocada quanto assustada com o tom; nada escapa na desgraça, uma inflexão mais ou menos acentuada naqueles de quem dependemos sufoca ou reanima a esperança; entretanto, como não havia mais tempo para recuar, fiz cara de nada. À força de contornar essa antiga ruína, ela apareceu, de repente, diante de nós; ali Dalville apeou de sua mula e, dizendo-me para fazer o mesmo da minha, entregou as duas ao criado, pagou-lhe e ordenou-lhe para voltar, outro procedimento que me desagradou sobremodo. Dalville percebeu minha inquietação.

— O que tendes, Sophie — disse-me ele nos conduzindo a pé para sua habitação — não estais fora da França, este castelo está nas fronteiras do Dauphiné, mas ele ainda faz parte dela.

— Certo, senhor — eu lhe respondi — mas como pode ter-vos ocorrido fixar-vos nesta ratoeira?

— Oh, ratoeira, não — disse Dalville olhando dissimuladamente para mim à medida que avançávamos — isto não é absolutamente uma ratoeira, minha criança, mas não é tampouco a morada de gente muito honesta.

— Ah, senhor — respondi-lhe — vós me fazeis fremir, para onde me levais então?

— Levo-te para servir a moedeiros falsos, sua vadia — disse Dalville, agarrando meu braço e me fazendo cruzar à força uma ponte levadiça que foi abaixada à nossa chegada e levantada logo em seguida. — Aí estás — acrescentou ele quando chegamos ao pátio. — Vês este poço? — ele continuou, mostrando-me uma grande e profunda cisterna ao lado do portão na qual duas mulheres nuas e acorrentadas faziam mover a roda que despejava água num reservatório. — Estas são as tuas companheiras, e este o teu trabalho, meio em que trabalharás doze horas por dia girando esta roda, que tu serás como tuas companheiras bem e devidamente surrada toda vez que relaxares, e te serão dadas seis onças de pão preto e um prato de favas por dia. Quanto à tua liberdade, renuncia a ela, não tornarás a ver o Céu. Quando estiveres morta de cansaço, serás jogada neste buraco que vês ao lado do poço, sobre trinta ou quarenta que ali já estão, e serás substituída por outra.

— Justo Céu, senhor — eu exclamei atirando-me nos pés de Dalville — dignais vos lembrar de que vos salvei a vida, que por um momento comovido pela gratidão parecestes me oferecer a felicidade, e que não era isto que eu devia esperar para mim.

— O que tu entendes, eu te pergunto, por esse sentimento de gratidão pelo qual imaginas me haver cativado — disse Dalville. — Raciocina melhor, raquítica criatura, o que fazias quando me socorreste? Entre a possibilidade de seguir teu caminho e a de se aproximar de mim, escolheste a última como um movimento que teu coração te inspirava... Não te entregavas então a um prazer? Por que diabos pretendes que eu seja obrigado a te recompensar pelos prazeres que te proporcionaste e como jamais te veio ao espírito que um homem como eu que nada em ouro e na opulência, que um homem que, rico de mais de um milhão de receita, pronto para ir a Veneza desfrutá-la a seu bel-prazer, digne se rebaixar a dever alguma coisa a uma miserável da tua espécie? Se me tivesses devolvido a vida, eu não te deveria nada já que trabalhaste apenas para ti. Ao trabalho, escrava, ao trabalho! Aprende que a civilização, ao subverter as instituições da natureza, não lhe tirou contudo seus direitos; quando ela criou, na origem, seres fortes e seres fracos, sua intenção era que estes fossem sempre subordinados aos outros como o cordeiro o é sempre ao leão, como o inseto o é ao elefante; a habilidade e a inteligência do homem variaram a posição dos indivíduos; não foi mais a força física que determinou a posição e sim a que ele adquiriu com suas riquezas. O homem mais rico torna-se o homem mais forte, o mais pobre torna-se o mais fraco, mas exceto pelos motivos que fundavam a potência, a prioridade do forte sobre o fraco sempre esteve nas leis da natureza para a qual tanto fazia que a cadeia que prendia o fraco fosse segurada pelo mais rico ou pelo mais forte, e que ela esmagasse o mais fraco ou o mais pobre. Mas esses sentimentos de gratidão que tu reclamas, Sophie, ela os desconhece; jamais esteve nas suas leis que o prazer ao qual alguém se entregava servindo se tornasse um motivo para aquele que recebia desleixar-se de seus direitos sobre o outro. Vês entre os animais que nos servem de exemplo esses sentimentos de que te vanglorias? Na medida em que te domino por minha riqueza ou minha força, será natural que eu te abandone meus direitos, ou porque tu mesma te serviste deles, ou porque tua política te ditou resgatá-los me servindo? Mas mesmo que o serviço fosse prestado de igual para igual, jamais o orgulho de uma alma elevada se deixaria rebaixar pela gratidão. Pois não é sempre humilhado aquele que recebe do outro, e esta humilhação que ele experimenta não paga suficientemente o outro pelo serviço que lhe prestou – não é um prazer para o orgulho o de se elevar acima de seu semelhante, será preciso outro ao que serve, e se o servir humilhando o orgulho daquele que recebe se torna um fardo para ele, com que direito o constranger a guardá-lo? Por que eu deveria consentir em me deixar humilhar toda vez que me atingem os olhares daquele que me serve? A ingratidão, em vez de ser um vício, é, portanto, a virtude das almas orgulhosas tão certamente quanto a benfeitoria o é das almas fracas; o escravo a prega a seu amo porque precisa dela, mas este, melhor orientado por suas paixões e pela natureza, só deve fazê-la ao que lhe serve ou ao que o lisonjeia. Que se sirva quanto se quiser se aí se encontra um prazer, mas que não se exija nada por haver se comprazido.

Com essas palavras, que Dalville não me deu tempo de responder, dois criados me agarraram por ordem sua, me despiram e me acorrentaram com minhas duas companheiras, as quais fui obrigada a ajudar desde aquela mesma tarde, sem que permitissem descansar da marcha fatigante que acabava de fazer. Não fazia ainda um quarto de hora que eu estava naquela roda fatal quando todo o bando de moedeiros, que acabava de terminar sua jornada, se reuniu em torno de mim para me examinar com o chefe à frente. Todos me cumularam de sarcasmos e impertinências pela marca aviltante que eu trazia inocentemente sobre meu infortunado corpo; eles se aproximaram, tocaram-me brutalmente em todas as partes, fazendo, com gracejos mordazes, a crítica de tudo que eu lhes oferecia contra a vontade. Terminado esse espetáculo penoso, eles se afastaram um pouco; Dalville, apanhando então um chicote de posta que era deixado sempre perto de nós, me desferiu cinco ou seis chibatadas com toda força em todas as partes de meu corpo.

— Eis como serás tratada, velhaca — disse ele enquanto chicoteava — quando tiveres a infelicidade de faltar com o teu dever; não te faço isso por teres faltado, mas para te mostrar como trato aquelas que faltam.

Cada golpe arrancando-me a pele e não havendo sentido dores assim tão agudas nem nas mãos de Bressac, nem nas daqueles monges bárbaros, eu soltava altos gritos debatendo-me sob meus grilhões; essas contorções e esses uivos eram motivo de escárnio para os monstros que me observavam, e tive a cruel satisfação de aprender ali que se há homens que, guiados pela vingança ou por volúpias indignas, conseguem se divertir com a dor alheia, há outros seres tão barbaramente constituídos que provam os mesmos prazeres sem outro motivo que não o gozo do orgulho ou da mais hedionda curiosidade. O homem é, pois, naturalmente perverso, ele o é pois quase tanto no delírio de suas paixões quanto em sua calma, e nos dois casos os males de seu semelhante podem se tornar prazeres execráveis para ele.

Em torno daquele poço havia três redutos escuros e separados entre si, trancados como prisões; um dos criados que me haviam amarrado indicou-me o meu e ali eu me recolhi após ter recebido dele a ração de água, favas e pão que me cabia. Foi ali que eu pude, enfim, me entregar à vontade ao horror de minha situação. Será possível, eu me dizia, que existam homens tão bárbaros para sufocar em si o sentimento de gratidão, esta virtude à qual eu me entregaria com tanto deleite se algum dia uma alma honesta me colocasse na situação de o sentir? Poderá ser ele desconhecido dos homens, e aquele que o sufoca com tanta desumanidade deve ser outra coisa senão um monstro? Estava absorta nessas reflexões que entremeava de lágrimas quando, de repente, a porta de meu calabouço se abre; era Dalville. Sem dizer nada, sem pronunciar uma palavra, ele descansa no chão a vela com que se iluminava, atira-se sobre mim como um animal feroz, submete-me a seus desejos, afastando com pancadas as defesas que eu tento lhe opor, despreza as que são obra tão somente de meu espírito, satisfaz-se brutalmente, torna a apanhar a vela, desaparece e tranca a porta. Pois bem, eu penso comigo, será possível levar o ultraje mais longe e que diferença pode haver entre um homem assim e o animal menos domesticado dos bosques?

Quando o sol se levanta sem que eu tenha gozado de um único instante de repouso, nossos calabouços se abrem, tornam a nos acorrentar, e reiniciamos nosso triste trabalho. Minhas companheiras eram duas moças de vinte e cinco a trinta anos que, não obstante embrutecidas pela miséria e deformadas pelo excesso de esforço físico, ainda denunciavam algum resto de beleza; seu talhe era bonito e bem apanhado, e uma das duas ainda tinha cabelos soberbos. Uma triste conversa me informou que elas haviam sido, ambas, em momentos diferentes, amantes de Dalville, uma em Lyon, outra em Grenoble; que ele as havia trazido para este refúgio pavoroso onde elas ainda viveram alguns anos em igualdade com ele, e que para recompensar os prazeres que elas lhe deram, ele as havia condenado a esse trabalho humilhante. Fiquei sabendo por elas que ele tinha ainda naquele momento uma amante encantadora mas que, mais feliz do que elas, certamente o acompanharia a Veneza para onde ele estava em vésperas de partir, se as somas consideráveis que acabava de fazer passar recentemente na Espanha lhe rendessem as letras de câmbio que esperava para a Itália, porque não queria levar seu ouro a Veneza; ele jamais o enviava para lá; era numa região diferente da que ele contava habitar que ele fazia passarem seu dinheiro falso a correspondentes; assim, encontrando-se no lugar onde queria se fixar apenas com dinheiro de um reino diferente, seu embuste jamais seria descoberto, e sua fortuna ficava solidamente estabelecida. Mas tudo podia dar errado num instante, e a retirada que ele sonhava dependia absolutamente dessa última negociação em que a maior parte de sua riqueza estava comprometida; se Cadiz aceitasse suas piastras e seus luíses falsos, ela lhe enviaria por eles excelentes papéis sobre Veneza, ele estaria bem arrumado pelo resto de seus dias; se a velhacaria fosse descoberta, corria o risco de ser denunciado e enforcado como merecia. Ai de mim, eu pensei comigo ao tomar conhecimento dessas particularidades, a Providência será justa uma vez, ela não permitirá que um monstro como este consiga e nós três seremos vingadas. Ao meio-dia nos concediam duas horas de repouso que aproveitávamos para ir, sempre separadas, respirar e almoçar em nossos quartos; às duas horas nos acorrentavam de novo e nos faziam girar até a noite sem que nos fosse jamais permitido entrar no castelo. A razão que nos fazia ficarmos nuas durante cinco meses do ano era os calores insuportáveis com o trabalho excessivo que fazíamos, e para estar, assim me asseguraram minhas companheiras, mais de jeito a receber os golpes que vinha nos aplicar de tempos em tempos nosso feroz amo. No inverno, davam-nos uma calça e um colete justo, espécie de hábito que, cingindo-nos com firmeza por todos os lados, deixava nossos desgraçados corpos expostos aos golpes de nosso carrasco. Dalville não apareceu nesse primeiro dia, mas por volta da meia-noite, fez a mesma coisa que na véspera. Eu quis aproveitar o momento suplicando-lhe para abrandar a minha sorte.

— E com que direito — disse-me o bárbaro — será porque quero passar um momento de capricho contigo? Mas irei a teus pés exigir favores por cuja concessão possas exigir alguma compensação? Não te peço nada... tomo e não vejo como o que uso como um direito sobre ti, deva resultar em que me faça abster de exigir um segundo. Não há amor algum em meu ato, eis um sentimento que jamais foi reconhecido em meu coração. Eu me sirvo de uma mulher por necessidade, como as pessoas se servem de um vaso por razões diferentes, mas não dando jamais a essa criatura, que meu dinheiro ou minha autoridade submetem a meus desejos, nem estima nem ternura, não devendo o que eu tomo senão a mim mesmo e jamais exigindo dela outra coisa que não seja a submissão, não vejo que seja levado com isso a lhe conceder alguma gratidão. Isso seria como dizer que um ladrão que arranca a bolsa de um homem num bosque porque se sente mais forte do que ele lhe deve algum reconhecimento pelo mal que acaba de lhe fazer; acontece o mesmo com o ultraje que se faz a uma mulher; isto pode ser um motivo para ele lhe fazer um segundo, mas jamais uma razão suficiente para lhe dar compensações.

Dalville, que acabava de se satisfazer, saiu bruscamente dizendo essas palavras e me fez mergulhar em novas reflexões que, como bem imaginais, não lhe eram favoráveis. De tarde, ele veio nos ver trabalhar e achando que não havíamos fornecido durante o dia a quantidade de água normal, empunhou seu cruel açoite e nos deixou em carne viva as três, sem que (embora tão pouco poupada quanto as outras) isso o impedisse de vir naquela mesma noite se comportar comigo como havia feito anteriormente. Eu lhe mostrei os ferimentos com que ele me deixara coberta, ousei lhe recordar de novo o tempo em que rasguei minha roupa para limpar os seus, mas Dalville, sem parar de se divertir, respondeu a meus lamentos com uma dezena de bofetões entremeados por outras tantas inventivas diversas, e me deixou lá, como de hábito, tão logo se havia satisfeito. Essa manobra durou quase um mês depois do qual eu ao menos recebi de meu carrasco a graça de não ficar mais exposta ao pavoroso tormento de vê-lo tomar o que havia feito tão pouco para obter. Minha vida não mudou em nada, contudo, e eu não tive nem mais nem menos branduras, nem mais nem menos maus-tratos.

Um ano se passou naquela cruel situação, quando se espalhou enfim na casa a notícia de que não só a fortuna de Dalville estava feita, que não só ele receberia de Veneza a quantidade imensa de papel que havia desejado, como lhe pediam mais alguns milhões de dinheiro falso pelos quais lhe fariam entregar em papel os fundos de sua preferência sobre Veneza. Era impossível que esse celerado fizesse uma fortuna mais brilhante e mais inesperada; ele partia com mais de um milhão de receita sem as esperanças que pudesse conceber; tal era o novo exemplo que a Providência me preparava, tal era a nova maneira com que ela queria ainda me convencer de que a prosperidade estava para o crime como o infortúnio para a virtude.

Dalville se preparou para a partida; ele veio me ver à meia-noite, o que não lhe acontecia havia muito tempo; foi ele mesmo quem me anunciou sua sorte e sua partida. Eu me joguei a seus pés, o conjurei com as mais vivas insistências para me devolver a liberdade e o pouco que quisesse de dinheiro para me levar a Grenoble.

— Em Grenoble tu me denunciarias.

— Mas não, senhor — disse-lhe eu, regando seus joelhos com minhas lágrimas — eu juro que não porei os pés ali. Façais melhor para vos convencerdes; dignai-vos levar-me convosco a Veneza; talvez não encontre ali corações tão duros como em minha pátria, e se quiserdes ali me levar, eu vos juro por tudo que tenho de mais sagrado não vos importunar jamais.

— Não te darei ajuda, nem um escudo — replicou-me duramente esse infame velhaco — tudo isso a que chamam esmola ou caridade é coisa que repugna de tal forma meu caráter que me visse eu três vezes mais coberto de ouro do que estou, não consentiria em dar um tostão furado a um indigente; eu tenho princípios sobre isso dos quais jamais me afastarei. O pobre está na ordem da natureza; ao criar os homens com forças desiguais, ela nos convenceu do desejo que tinha de que essa desigualdade se conservasse mesmo na mudança que nossa civilização operaria em suas leis. O pobre substitui o fraco, eu já te disse, aliviá-lo é aniquilar a ordem estabelecida, é opor-se à da natureza, é desfazer o equilíbrio que está na base de suas mais sublimes disposições. É trabalhar por uma igualdade perigosa para a sociedade, é encorajar a indolência e a preguiça, é ensinar o pobre a roubar o homem rico quando a este aprouver lhe recusar sua ajuda, e isto pelo hábito em que essa ajuda colocaria o pobre de obtê-lo sem esforço.

— Oh senhor, como são duros esses princípios! Falaríeis assim se não tivésseis sido sempre rico?

— É bem verdade que sempre o fui, mas eu soube dominar a sorte, soube calcar sob os pés este fantasma da virtude que só leva à corda ou ao asilo, soube ver em boa hora que a religião, a beneficência e a humanidade se tornavam as pedras certas de tropeço a todos que pretendessem a fortuna e consolidei a minha sobre os destroços dos preconceitos humanos. É zombando das leis divinas e humanas, é sacrificando sempre o pobre quando o encontrava em meu caminho, é abusando da boa fé e da credulidade dos outros, é explorando o pobre e roubando o rico que cheguei ao templo escarpado da divindade que incensava. Por que não me imitaste? Tinhas a fortuna em tuas mãos, a virtude quimérica que preferiste a ela haverá de consolá-la pelos sacrifícios que lhe fizeste? Agora é tarde, infeliz, agora é tarde; chora sobre teus erros, sofre e trata de encontrar se puderes no seio dos fantasmas que reverencias, o que tua credulidade te fez perder.

Com essas palavras cruéis, Dalville se precipitou sobre mim... mas ele me causava tanto horror, suas máximas terríveis me inspiravam tanto ódio que eu o repeli duramente; ele quis usar a força, ela não lhe valeu, ele se compensou com crueldades, eu fui coberta de golpes, mas ele não triunfou; o fogo se extinguiu sem sucesso, e as lágrimas perdidas do insensato me vingaram enfim de seus ultrajes.

No dia seguinte, antes de partir, esse desgraçado nos proporcionou uma nova cena de crueldade e de barbárie da qual os anais dos Andrônicos, dos Neros, dos Venceslaus e dos Tibérios não fornecem exemplo. Todo o mundo acreditava que sua amante partiria com ele, ele a havia feito se preparar para isso; no momento de montar a cavalo, ele a guiou até nós.

— Eis teu posto, vil criatura — disse ele ordenando que ela se despisse — quero que meus camaradas se lembrem de mim deixando-lhes como prova a mulher da qual me acreditavam mais apaixonado; mas como só é preciso três aqui... e como vou percorrer uma estrada perigosa na qual minhas armas me serão úteis, vou testar minhas pistolas em uma de vós.

Dizendo isso ele prepara uma, aponta-a para o peito de cada uma das três mulheres que giravam a roda, e dirigindo-se enfim a uma de suas antigas amantes:

— Vai — diz ele, queimando-lhe o cérebro — vai levar notícias minhas ao outro mundo, vai dizer ao diabo que Dalville, o mais rico dos celerados da terra, é aquele que afronta mais insolentemente a mão do Céu e a sua.

Essa infeliz, que não expira de imediato, debate-se por um longo tempo sob seus grilhões, espetáculo horrível que o infame observa com prazer; ele manda tirarem-na por fim para ali colocar sua amante; quer vê-la dar três ou quatro voltas, receber de sua mão uma dúzia de chibatadas, e terminadas essas atrocidades, o homem abominável monta a cavalo seguido por dois valetes e se afasta para sempre de nossas vistas.

Tudo mudou no dia seguinte à partida de Dalville; seu sucessor, homem doce e razoável, mandou nos soltarem na mesma hora.

— Isso não é trabalho para um sexo frágil e doce, nos disse com bondade, cabe aos animais servir a esta máquina; o ofício que fazemos já é bastante criminoso sem ofender ainda mais o ser supremo com atrocidades gratuitas.

Ele nos instalou no castelo, recolocou sem nenhum interesse a amante de Dalville em posse de todos os encargos que ela exercia na casa, e nos ocupou na oficina, minha companheira e eu, na cunhagem das moedas, ofício bem menos fatigante sem dúvida e do qual nós éramos contudo recompensadas com três bons quartos e uma alimentação excelente. Ao cabo de dois meses, o sucessor de Dalville, chamado Roland, nos informou a feliz chegada de seu confrade a Veneza; ele havia se estabelecido, havia realizado sua fortuna e ali gozava de toda a prosperidade da qual poderia se vangloriar.

Era bem necessário que a sorte de seu sucessor fosse a mesma; o infeliz Roland era honesto, isso era tudo que precisava para ele ser prontamente esmagado. Um dia em que tudo estava tranquilo no castelo, que sob as leis desse bom amo, o trabalho, não obstante criminoso, ali se fazia com facilidade e prazer, de repente os muros são atacados; na impossibilidade da travessia da ponte, os fossos são escalados e a casa, antes que nossa mente tivesse tempo de pensar em sua defesa, se enche com mais de cem soldados de cavalaria. É preciso se render, nos acorrentam como animais, nos amarram sobre cavalos e nos conduzem a Grenoble. Oh Céu, eu me digo ao entrar ali, eis a cidade onde eu tive a loucura de acreditar que a felicidade haveria de sorrir para mim! O processo dos moedeiros falsos foi prontamente julgado, todos foram condenados à forca. Quando viram a marca que eu trazia, quase não se deram ao trabalho de me interrogar e eu ia ser condenada como os outros, quando tentei obter enfim alguma piedade do magistrado famoso, honra daquele tribunal, juiz íntegro, cidadão querido, filósofo esclarecido, cuja benevolência e humanidade gravarão no templo da Memória o nome célebre e respeitável; ele me escutou... ele fez mais, convencido de minha boa fé e da verdade de meus sofrimentos, dignou-se a me consolar com suas lágrimas. Ó grande homem, devo-te minha homenagem, permita a meu coração de oferecê-la a ti, o reconhecimento de uma infortunada não será oneroso para ti, e o tributo que ela te oferece honrando teu coração será sempre o mais doce prazer do seu. M.S. tornou-se ele próprio meu advogado, meus lamentos foram ouvidos, meus gemidos alcançaram almas, e minhas lágrimas correram sobre corações que não foram de bronze para mim e que sua generosidade me entreabriu. Os depoimentos dos criminosos que iam executar vieram apoiar com seu favor o zelo do que queria se interessar por mim. Fui declarada seduzida e inocente, plenamente limpa e livre da acusação com plena e inteira liberdade de me tornar o que quisesse. Meu protetor acrescentou a seus serviços o de obter para mim uma subscrição que me valeu cem pistolas; eu via a felicidade enfim, meus pressentimentos pareciam se realizar, e eu me acreditava no fim de meus males, quando quis a Providência me convencer de que eu ainda estava muito longe disso.

Ao sair da prisão eu me havia alojado num albergue em frente da ponte de Isère, onde me haviam assegurado que ficaria instalada decentemente; minha intenção, seguindo os conselhos de M.S., era permanecer ali durante algum tempo para tentar me colocar na cidade ou retornar a Lyon se não o conseguisse, com cartas de recomendação que ele teria a bondade de me conceder. Eu comia nesse albergue no que chamam de *mesa dos hóspedes*, quando percebi, no segundo dia, que era atentamente observada por uma dama gorda muito bem trajada, que se fazia chamar de baronesa; à força de a examinar, por minha vez, acreditei reconhecê-la, nós avançamos uma para a outra, nos abraçamos como duas pessoas conhecidas, mas que não conseguem se lembrar de onde. Enfim, a gorda baronesa, puxando-me de lado:

— Sophie — disse-me ela — se não me engano sois aquela que eu salvei, há dez anos, na Conciergerie, não lembrais da Dubois?

Pouco lisonjeada com essa revelação, respondi contudo com polidez; mas eu lidava com a mulher mais ladina e astuta que havia na França, não havia como escapar.

A Dubois me cumulou de gentilezas, disse que estava interessada nos meus assuntos na cidade mas que ignorava que isso me dissesse respeito; fraca por natureza, deixei-me levar ao quarto dessa mulher e lhe contei meus infortúnios.

— Minha cara amiga — disse ela me abraçando de novo — se desejei ver-te com mais intimidade é para te informar que minha fortuna está feita, e que tudo que eu tenho está ao teu dispor. Olha — disse ela abrindo caixinhas cheias de ouro e de diamantes — eis os frutos de minha indústria; se tivesse incensado a virtude como tu, hoje estaria pendurada ou presa.

— Oh, senhora — eu lhe disse — se deveis tudo isso aos crimes apenas, a Providência que sempre termina por ser justa não vos permitirá desfrutá-lo por muito tempo.

— Errado — disse a Dubois — não imagines que a Providência favoreça sempre a virtude; que um pequeno momento de prosperidade não te afunde nesses erros. Dá no mesmo para a preservação das leis da Providência que aquele seja vicioso enquanto este se entregua à virtude; é preciso uma soma igual de vício e virtude, e se o indivíduo exerce um ou outro é a coisa do mundo que lhe é mais indiferente. Escuta-me, Sophie, escuta-me com um pouco de atenção, tu tens espírito e eu gostaria de te convencer. Não é a escolha que o homem faz do vício ou da virtude, minha cara, que o faz encontrar a felicidade, porque a virtude, como o vício, é apenas uma maneira de se conduzir no mundo; não se trata, portanto, de seguir antes um do que o outro, trata-se apenas de percorrer o caminho geral; aquele que se afasta está sempre errado. Num mundo totalmente virtuoso, eu te aconselharia a virtude porque as recompensas estando vinculadas a ela, o advento da felicidade seria infalível; num mundo totalmente corrompido, eu só te aconselharia o vício. O que não segue o caminho dos outros inevitavelmente perece, tudo com que se depara o golpeia, e como ele é o mais fraco, é inevitável que se quebre. É em vão que as leis querem restabelecer a ordem e trazer os homens à virtude; viciados demais para percorrê-lo, fracos demais para terem êxito, eles os afastarão por um momento do caminho batido mas não os farão jamais deixá-lo.

Quando o interesse geral dos homens os leva à corrupção, aquele que não quiser se corromper com eles lutará contra o interesse geral; ora, que felicidade pode esperar aquele que contraria perpetuamente os interesses alheios? Me dirás que é o vício que contraria o interesse dos homens, eu to concederei num mundo composto em partes iguais de viciosos e virtuosos, porque então o interesse de uns se choca visivelmente com o dos outros, mas não é assim numa sociedade toda corrompida; meus vícios ultrajando apenas os viciosos determinam nele outros vícios que os recompensam e nós ficamos ambos satisfeitos.

A vibração torna-se geral, é uma multidão de choques e lesões mútuas em que cada um, recuperando num instante o que acaba de perder, encontra-se sem cessar numa posição feliz. O vício só é perigoso para a virtude, pois fraca e tímida ela não ousa nada; mas se ela fosse banida da terra, o vício, só ultrajando o vicioso, não perturbará mais, ele fará nascer outros vícios, em nada alterando as virtudes. Me contestariam com os bons efeitos da virtude? Outro sofisma, eles só servem ao fraco e são inúteis ao que, por sua energia, basta-se a si mesmo e depende apenas da sua astúcia para corrigir os caprichos da sorte. Como queres não ter fracassado toda tua vida, querida filha, tomando sempre a contramão do caminho que todo mundo segue? Se te houvesses abandonado à corrente, terias encontrado o porto como eu. Aquele que procura subir um rio chegará tão depressa quanto o que o desce? Um quer contrariar a natureza, ou outro se abandona a ela. Tu me falas sempre da Providência, e quem te prova que ela ama a ordem e, por consequência, a virtude? Não te dá ela constantes exemplos de suas injustiças e suas irregularidades? Será enviando aos homens a guerra, a peste e a fome, será tendo formado um universo vicioso em todas suas partes, que ela manifesta a teus olhos seu amor extremo à virtude? E por que queres que os indivíduos viciosos a desagradem, quando ela só age por meio de vícios, quando tudo é vício e corrupção, quando tudo é crime e desordem em sua vontade e em suas obras? E de quem temos aliás esses movimentos que nos arrastam para o mal? Não é sua mão que no-los dá, existirá uma única de nossas vontades ou sensações que não venha dela? Será razoável então dizer que ela nos deixaria, ou que nos daria pendores para uma coisa que lhe seria inútil? Se, pois, os vícios a servem, por que quereríamos nos opor a ela, com que direito trabalharíamos para os destruir e de onde vem que resistiríamos a sua voz? Um pouco mais de filosofia no mundo recolocará, em breve, tudo em seu lugar e fará ver aos legisladores, aos magistrados, que esses vícios que eles culpam e punem com tanto rigor às vezes têm um grau de utilidade muito maior que essas virtudes que eles pregam sem jamais as recompensar.

— Mas se eu for bastante fraca, senhora — respondi a essa corruptora — para me entregar a vossos terríveis sistemas, como conseguireis sufocar o remorso que eles fariam nascer a todo instante em meu coração?

— O remorso é uma quimera, Sophie — retomou a Dubois — ele é apenas o murmúrio imbecil da alma fraca demais para não ousar aniquilá-lo.

— Aniquilá-lo, e podemos?

— Nada mais fácil. As pessoas se arrependem do que não estão habituadas a fazer. Renovai com frequência o que vos dá remorsos e acabareis por extingui-los; oponde-lhes o facho das paixões, as leis poderosas do interesse, logo os tereis dissipado. O remorso não prova o crime, ele somente denota uma alma fácil de subjugar. Se vier uma ordem absurda de te impedir de sair prontamente deste quarto, tu não sairás dele sem remorso, por garantido que seja que não farias nenhum mal em sair. Não é verdade, portanto, que somente o crime causa remorsos; convencendo-se da nulidade dos crimes ou da necessidade de que eles existam com respeito à ordem geral da natureza, seria possível vencer tão facilmente o remorso que se teria ao cometê-los, como te ocorreria de sufocar aquele que nasceria de tua saída deste quarto após a ordem ilegal que terias recebido de aqui permanecer. É preciso iniciar por uma análise exata de tudo que os homens chamam crime, começar por se convencer de que é tão-somente a infração de suas leis e de seus costumes nacionais que eles assim caracterizam, que isto a que chamam crime na França deixa de sê-lo a umas cem léguas dali, que não há nenhuma ação que seja realmente considerada crime universalmente em toda a terra e que, por consequência, nada no fundo merece razoavelmente o nome de crime, que tudo é questão de opinião e de geografia. Posto isso, é absurdo, portanto, querer se submeter a praticar virtudes que não passam de vícios alhures, e fugir dos crimes que são boas ações num outro clima. Eu te pergunto agora se esse exame feito com reflexão pode deixar remorsos àquele que por seu prazer ou por seu interesse terá cometido na França uma virtude da China ou do Japão, que no entanto o aviltará em sua pátria? Deter-se-á ele a essa vil distinção, e se tem um pouco de filosofia no espírito, será ela capaz de lhe causar remorso? Ora, se o remorso só ocorre em razão da defesa, ele só nasce por causa da ruptura dos freios e nunca por causa da ação, será um movimento bastante sábio deixar subsistir em si, não será absurdo não o aniquilar prontamente? Que as pessoas se acostumem a considerar indiferente a ação que acaba de lhe causar remorso, que a julguem pelo estudo refletido dos usos e costumes de todas as nações da terra; em consequência desse raciocínio, que renovem essa ação qualquer que ela seja, tão frequentemente quanto isso seja possível, e o facho da razão logo destruirá o remorso, aniquilará esse movimento tenebroso, fruto apenas da ignorância, da pusilanimidade e da educação. Faz trinta anos, Sophie, que um encadeamento perpétuo de vícios e de crimes me conduz passo a passo para a fortuna, eu a alcanço; mais dois ou três golpes felizes e passo do estado de miséria e de mendicidade em que nasci a mais de cinquenta mil libras de renda. Imaginas que nessa carreira brilhantemente percorrida, o remorso tenha vindo um único momento me fazer sentir seus espinhos? Não o creias, eu jamais o conheci. Um revés terrível me atiraria no mesmo instante do pináculo ao abismo, o que eu não admitirei mais; eu me queixaria dos homens ou de minha imperícia, mas estaria sempre em paz com minha consciência.

— Seja, mas raciocinemos por um instante sobre os mesmos princípios que vós. Com que direito pretendeis exigir que minha consciência seja tão constituída como a vossa, já que ela não está acostumada desde a infância a vencer os mesmos preconceitos; a que título exigis que meu espírito, que não é organizado como o vosso, deva adotar os mesmos sistemas? Admitis que há uma soma de males e de bens na natureza, e que é preciso que haja, em consequência, uma certa quantidade de seres que praticam o bem, e uma outra classe que se entrega ao mal. O partido que tomo, mesmo em vossos princípios, está, pois, na natureza; não exigis, pois, que eu me afaste das regras que ela me prescreve, e como encontrais, assim dizeis, a felicidade na carreira que seguis, também a mim seria impossível encontrá-la fora daquela que percorro. Não imaginais aliás que a vigilância das leis deixe em repouso por muito tempo aquele que as transgride; não acabais de ver o exemplo por vossos próprios olhos? De quinze celerados entre os quais eu tinha a infelicidade de habitar, um se salva, quatorze perecem de maneira ignominiosa.

— É isso que chamas de infelicidade: primeiramente, que importa essa ignomínia ao que não tem princípios? Quando se transpôs tudo, quando a honra não passa de um preconceito, a reputação uma quimera, o futuro uma ilusão, não é igual perecer lá ou em seu leito?

Há duas espécies de celerados no mundo, aquele que uma fortuna poderosa, um crédito prodigioso coloca ao abrigo desse fim trágico e aquele que não o evitará se for apanhado. Este último, nascido sem bem, só deve ter duas perspectivas, se tem espírito: a fortuna, ou a roda. Se consegue a primeira, tem o que desejou; se só arranja a outra, que pena pode ele ter já que não tem nada a perder? As leis são, portanto, nulas com respeito a todos os celerados, porque elas não atingem aquele que é poderoso, aquele que é feliz se subtrai a elas, e para o infeliz que não tem outro recurso além de seu gládio, elas devem assombrá-lo.

— Oh, credes que a justiça celeste não espera num mundo melhor aquele que o crime não aterrorizou neste?

— Creio que se houvesse um deus, haveria menos mal sobre a terra; creio que se o mal existe sobre a terra, ou essas desordens são exigidas por esse deus, ou está acima de suas forças impedi-las; ora, eu não temo um deus que é fraco ou perverso, eu o desafio sem medo e zombo de seu raio.

— Fizestes-me estremecer, senhora — eu digo, levantando-me — perdoai-me de não pode escutar por mais tempo vossos execráveis sofismas e vossas odiosas blasfêmias.

— Para, Sophie, se não posso vencer tua razão, deixa que seduza ao menos teu coração. Preciso de ti, não me recuses teus socorros; aqui estão cem luíses, eu os coloco de lado sob teus olhos, eles são teus contanto que o golpe dê certo.

Escutando nesse ponto tão-somente meu pendor natural para o bem, perguntei prontamente à Dubois de que se tratava, para impedir com todas minhas forças o crime que ela se preparava para cometer.

— É o seguinte — disse ela — reparaste aquele jovem negociante de Lyon que come conosco há três dias?

— Quem, Dubreil?

— Precisamente.

— E então?

— Ele está apaixonado por ti, ele mo confiou. Tem seiscentos mil francos em ouro ou em papel numa pequenina caixa ao lado do seu leito. Permita-me fazer crer a esse homem que tu consentes em escutá-lo; que seja assim ou não, que te importa? Eu o convencerei a te propor um passeio fora da cidade, o persuadirei que ele avançará seus assuntos contigo durante esse passeio; tu o divertirás, tu o manterás fora o maior tempo possível; eu o roubarei enquanto isso, mas não fugirei, seus bens já estarão em Turim enquanto eu ainda estarei em Grenoble. Nós empregaremos todos os recursos possíveis para dissuadi-lo de lançar seus olhos sobre nós, faremos ar de ajudá-lo em suas investigações; todavia, minha partida será anunciada, ele não se espantará, tu me seguirás, e os cem luíses te serão entregues ao chegarmos ambas no Piemont.

— Eu o quero, senhora — eu disse à Dubois, muito decidida a prevenir o desgraçado Dubreil da armadilha infame que lhe queriam preparar. E para melhor enganar essa celerada: — Mas refleti, senhora — acrescentei — que se Dubreil está apaixonado por mim, eu posso tirar-lhe bem mais o prevenindo, ou me vendendo a ele, que o pouco que me ofereceis para o trair?

— Isso é verdade — disse a Dubois — na verdade começo a crer que o Céu te deu mais arte que a mim para o crime.

— Pois bem — ela prosseguiu, escrevendo — eis minha nota de mil luíses, ousa me recusar agora.

— Eu me escusarei, senhora — disse eu aceitando a nota — mas atribui ao menos a minha condição desgraçada, a minha fraqueza e o erro que cometo de vos satisfazer.

— Eu queria prestar uma homenagem a teu espírito — disse a Dubois — mas se preferes que acuse tua desgraça, será como queres, serve-me e ficarás contente.

Tudo se arranjou; na mesma noite eu comecei a criar condições favoráveis para Dubreil, e percebi efetivamente que ele tinha um fraco por mim. Nada mais embaraçoso que a minha situação; eu estava muito longe, sem dúvida, de me prestar ao crime proposto houvesse nisso três vezes mais dinheiro a ganhar, mas me repugnava demais levar à forca uma mulher a quem eu devera minha liberdade dez anos antes; eu queria impedir o crime sem o denunciar, e com uma outra que não fosse uma celerada consumada como a Dubois eu certamente teria conseguido. Eis, portanto, ao que eu me decidi, ignorando que a manobra surda dessa abominável criatura não só desorganizava todo o edifício de meus projetos honestos, mas inclusive me puniria por os haver concebido.

No dia prescrito para o planejado passeio, a Dubois nos convidou a ambos para jantar em seu quarto; nós aceitamos, e terminada a refeição, Dubreil e eu descemos para apressar o veículo que nos preparavam. Como a Dubois não nos acompanhou, eu fiquei por um momento a sós com Dubreil antes de subir na carruagem.

— Senhor — eu lhe disse precipitadamente — escutai-me com atenção, sem alarde, e observai sobretudo rigorosamente o que vou vos prescrever. Tendes um amigo seguro neste albergue?

— Sim, tenho um jovem sócio com o qual posso contar como a mim mesmo.

— Pois então, senhor, ide prontamente lhe ordenar para não abandonar por um instante que seja vosso quarto durante todo o tempo em que estaremos em passeio.

— Mas eu tenho a chave desse quarto em meu bolso; o que significa este excesso de precaução?

— É mais fundamental do que acreditais, senhor, usai-a, por favor, ou não saio convosco. A mulher que deixamos é uma celerada, ela prepara o passeio que vamos fazer juntos apenas para vos roubar mais à vontade durante esse ínterim. Depressa, senhor, ela nos observa, ela é perigosa; que eu não dê a impressão de vos prevenir nada; entregai prontamente vossa chave a vosso amigo, que ele vá se instalar em vosso quarto com algumas outras pessoas se isso lhe for possível e que essa guarnição não saia dali até voltarmos. Eu vos explicarei todo o resto quando estivermos no carro.

Dubreil me escuta, ele me aperta a mão para me agradecer, e corre a dar ordens relativas à minha recomendação; ele volta, nós partimos e durante o caminho eu lhe conto toda a aventura. Esse jovem me testemunhou todo o reconhecimento possível pelo serviço que eu lhe prestava, e depois de me haver conjurado a lhe contar a verdade sobre a minha situação, ele me atestou que nada do que eu lhe contava de minhas aventuras o repugnava o bastante para impedi-lo de me oferecer sua mão e sua fortuna.

— Nossas condições são iguais — disse Dubreil. — Sou filho de um negociante como vós, meus negócios foram bem sucedidos, os vossos foram infelizes; estou muito feliz de poder reparar os erros que a fortuna cometeu convosco. Refleti, Sophie, sou senhor de mim, não dependo de ninguém, passo por Genebra para um depósito considerável de somas que vossos bons conselhos me preservam; vós me seguireis para lá, em ali chegando eu me torno vosso esposo e vós só aparecereis em Lyon nessa condição.

Uma aventura assim me era muito lisonjeira para que ousasse recusá-la, mas tampouco me convinha aceitar sem fazer Dubreil sentir tudo o que poderia fazê-lo arrepender-se.

Ele mostrou-se grato à minha delicadeza, e me instou com maior insistência... Infeliz criatura que eu era, era preciso então que a felicidade só se me oferecesse para me fazer sentir mais vivamente o desgosto de não poder jamais alcançá-la, e que estivesse decididamente arranjado nos decretos da Providência que não brotasse de minha alma uma virtude sem que ela me precipitasse na desgraça! Nossa conversa já nos havia conduzido a duas léguas da cidade e nós íamos descer para desfrutar o frescor de uns caminhos à beira do Isère onde tínhamos a intenção de passear, quando, de repente, Dubreuil disse que se sentia terrivelmente mal... Ele desce, vômitos pavorosos o acometem, eu faço imediatamente colocarem-no no carro, e voltamos a toda pressa para Grenoble; Dubreuil está tão mal que é preciso carregá-lo para seu quarto. Seu estado surpreende seus amigos que, segundo suas ordens, não haviam deixado seu apartamento. Eu não saio do seu lado... um médico chega; justo Céu, o estado desse desgraçado jovem se decide, ele está envenenado... Mal me inteiro dessa pavorosa notícia, eu voo para o apartamento da Dubois... a celerada... ela havia partido... passo pelo meu quarto, meu armário está arrombado, o pouco de dinheiro e roupas que possuo foi levado, e a Dubois, me asseguram, corre a três horas de posta na direção de Turim... Não havia por que duvidar que ela não fosse a autora dessa infinidade de crimes; ela havia comparecido ao quarto de Dubreil, furiosa de encontrar gente ali, havia se vingado em mim, e havia envenenado Dubreil no almoço para que, no retorno, se houvesse conseguido roubá-lo, esse infeliz jovem, mais ocupado com a sua vida que com persegui-la, a deixasse fugir em segurança, e para que o acidente de sua morte ocorrendo, por assim dizer, em meus braços, eu fosse mais verossimilmente suspeita do que ela. Volto correndo para Dubreil, não deixam me aproximar, ele expirava entre seus amigos, mas me desculpando, assegurando-lhes que eu era inocente, e os proibindo de me perseguir. Mal ele fechou os olhos, seu sócio se apressou a me trazer as novas assegurando-me para ficar tranquila... Ai de mim, pudesse eu ficar, pudesse eu não chorar amargamente a perda do único homem que, desde que eu caíra no infortúnio, se oferecera generosamente a me tirar dele... pudesse eu não deplorar um roubo que me recolocava no abismo fatal da miséria da qual eu não podia chegar a cabo de sair? Confiei tudo ao sócio de Dubreil, tanto o que se havia combinado contra seu amigo quanto o que havia acontecido a mim; ele me lamentou, deplorou amargamente o sócio e culpou o excesso de delicadeza que me havia impedido de denunciar tão logo me inteirei dos projetos da Dubois. Nós combinamos que aquela horrível criatura, à qual faltavam apenas quatro horas para se salvar em outro país, ali estaria muito antes que nós houvéssemos prevenido para a perseguirem, que isto nos custaria muitas despesas, que o dono do albergue, seriamente comprometido nas queixas que eu ia fazer e defendendo-se com estardalhaço, acabaria talvez esmagando qualquer um que parecesse respirar em Grenoble tendo escapado de um processo criminal para ali subsistir apenas de caridades públicas... Essas razões me convenceram e me assustaram de tal modo que resolvi partir sem pedir autorização a meu protetor M. S. O amigo de Dubreil aprovou essa partida, ele não me escondeu que se toda essa aventura se revelasse, os depoimentos que ele seria obrigado a fazer me comprometeriam, fossem quais fossem suas precauções, seja por minha ligação com a Dubois, seja por meu último passeio com seu amigo, e que ele me renovava, pois, vivamente por tudo isso, o conselho de partir prontamente de Grenoble sem ver ninguém, segura de que, de sua parte, ele jamais agiria no que pudesse ir contra mim. Refletindo sozinha em toda essa aventura, percebi que o conselho desse jovem era tanto melhor porque era também tão certo que eu tinha o ar tão culpável quanto não o era; que a única coisa que falava vivamente em meu favor — o aviso dado a Dubreil, mal explicado talvez por ele no momento da morte — não se tornaria uma prova tão triunfante com que eu pudesse contar, razão por que eu me decidi rapidamente.

Comuniquei isso ao sócio de Dubreil.

— Eu gostaria — disse ele — que meu amigo me houvesse encarregado de algumas disposições favoráveis a vosso respeito, eu as cumpriria com o maior prazer. Gostaria mesmo — disse — que ele me houvesse dito que era a vós que ele devia o conselho de guardar seu quarto enquanto saía convosco. Mas ele não fez nada disso, ele nos disse apenas muitas vezes que vós não éreis culpada e de não vos perseguir no que quer que fosse. Sou pois constrangido a me limitar à estrita execução de suas ordens. A infelicidade que me dizes haver sofrido por ele me decidiria a fazer alguma coisa mais por minha conta se o pudesse, senhorita, mas eu inicio no comércio, sou jovem e minha fortuna é extremamente limitada; nenhum óbolo da de Dubreil me pertence, sou obrigado a devolver prontamente tudo a sua família. Permiti, pois, Sophie, que eu me restrinja ao único pequeno serviço que vou vos prestar; aqui estão cinco luíses, e aqui, me diz ele fazendo subir até seu quarto uma mulher que eu havia entrevisto no albergue, está uma honesta comerciante de Chalon-sur-Saone, minha pátria; ela volta para lá após haver parado vinte e quatro horas em Lyon onde tinha negócios.

— Senhora Bertrand — disse o jovem me apresentando a essa mulher — eis uma jovem pessoa que eu vos recomendo. Ela está muito interessada em se colocar na província. Eu vos encareço, como se trabalhásseis para mim mesmo, a fazer todos os esforços possíveis para colocá-la em nossa cidade de uma maneira adequada a seu nascimento e a sua educação. Que isso não lhe custe nada até lá, eu vos ressarcirei de tudo na primeira oportunidade... Adeus, Sophie. A senhora Bertrand parte esta noite, acompanhai-a e que um pouco mais de felicidade possa vos acompanhar numa cidade onde terei talvez a satisfação de vos rever logo e de vos testemunhar ali, por toda minha vida, o reconhecimento pelos bons procedimentos que tivestes para Dubreil.

A decência desse jovem que no fundo não me devia nada me fez derramar lágrimas contra a minha vontade; aceitei seus donativos jurando-lhe que ia trabalhar até me colocar em condição de poder lhos devolver um dia. Ai de mim, eu disse para mim enquanto me afastava, se o exercício de uma nova virtude acaba de me precipitar no infortúnio, ao menos pela primeira vez na vida a aparência de um consolo se abre neste abismo pavoroso de males onde a virtude me precipita. Não revi mais meu benfeitor, e parti, como ele havia decidido com a Bertrand, na noite seguinte à desgraça que acabava de vitimar Dubreil.

A Bertrand tinha um pequeno coche coberto puxado por um cavalo que nós conduzíamos uma de cada vez de dentro; ali estavam seus bens e uma quantidade razoável de dinheiro vivo, junto com uma filhinha de dezoito meses que ela ainda amamentava e à qual, para minha desgraça, não tardei em me afeiçoar tanto quanto a que lhe havia dado à luz.

A senhora Bertrand era uma espécie de tagarela sem educação nem espírito, desconfiada, falastrona, maldizente, enfadonha, e limitada como quase todas as mulheres do povo. Nós descarregávamos regularmente os seus bens, todas as noites, no albergue, e dormíamos no mesmo quarto. Chegamos em Lyon sem que nos sucedesse nada de novo, mas durante os dois dias que essa mulher precisava para seus negócios, eu tive nesta cidade um encontro bastante singular; eu passeava pelo cais do Rhone com uma das moças do albergue a quem havia pedido para me acompanhar, quando avistei, de repente, avançando na minha direção, o reverendo padre Antonin, agora guardião dos recoletos dessa cidade, carrasco de minha virgindade e que eu havia conhecido, como recordais, senhora, no pequeno convento de Sainte-Marie-des-Bois para onde me havia conduzido minha desgraçada estrela. Antonin me abordou cavalheirescamente e me perguntou mesmo diante daquela criada, se eu não gostaria de ver sua nova morada e ali renovar nossos antigos prazeres.

— Eis uma boa e gorda mamãe — disse ele falando da que me acompanhava — que será igualmente bem recebida, nós temos na nossa casa uns boas-vidas em perfeita condição de encarar duas moças bonitas.

Eu enrubesci prodigiosamente com esse discurso, por um momento quis fazer o homem pensar que se enganava. Não o conseguindo, tentei fazer sinais para contê-lo ao menos diante de minha guia, mas nada aplacou o insolente e suas solicitações só se tornaram mais insistentes. Por fim, diante de nossas recusas reiteradas de acompanhá-lo, ele se limitou a nos perguntar diretamente nosso endereço; para me livrar dele, veio-me no momento a ideia de lhe dar um falso; ele o guardou por escrito na sua carteira e nos deixou assegurando que logo nos veríamos de novo. Nós voltamos; no caminho, expliquei como pude a história desse infeliz conhecimento à criada que me acompanhava, mas seja porque o que lhe disse não a satisfez, seja pela tagarelice natural desse tipo de garota, eu julguei, pelas conversas da Bertrand quando a infeliz aventura me aconteceu com ela, que ela havia sido informada do meu conhecimento com esse monge vilão; ele, porém, não apareceu e nós partimos. Saindo tarde de Lyon, nós chegamos em Villefranche neste primeiro dia, e foi ali, senhora, que me aconteceu a catástrofe horrível que hoje me faz aparecer diante de vossos olhos como criminosa sem que tivesse estado mais nessa funesta situação de minha vida, do que na daquelas onde me haveis visto tão injustamente vencida pelos golpes da sorte, e sem que outra coisa me houvesse conduzido ao abismo da infelicidade além do sentimento de benevolência que me era impossível extinguir em meu coração.

Havendo chegado no mês de fevereiro às seis horas da tarde em Villefranche, nós estávamos ansiosas para jantar e nos deitar cedo, minha companheira e eu, para fazermos uma jornada mais longa no dia seguinte. Ainda não fazia duas horas que nós repousávamos quando uma fumaça assustadora se introduzindo em nosso quarto nos acordou sobressaltadas.

Não duvidamos de que houvesse fogo por perto... justo Céu, os progressos do incêndio já eram assustadores; abrimos nossa porta meio nuas e ouvimos ao redor o estrondo das paredes desmoronando, o ruído pavoroso do madeirame se quebrando e os uivos assustadores dos infelizes que caem na fornalha.

Uma nuvem dessas chamas devoradoras lançando-se em nossa direção só nos deixou tempo para nos precipitarmos para fora; nós nos atiramos para lá, portanto, e nos confundimos com a multidão de infelizes que, como nós, despidos, alguns meio queimados, buscam socorro na fuga... Nesse instante eu me lembro que a Bertrand, mais ocupada consigo do que com a filha, não pensou em livrá-la da morte; sem a prevenir, eu voo para nosso quarto através das chamas que me cegam e me queimam em vários lugares do corpo, pego a pobre criaturinha, me lanço para fora impetuosamente para entregá-la a sua mãe; apoiando-me numa viga meio consumida, meu pé escorrega, meu primeiro movimento é colocar a mão na minha frente; esse impulso da natureza me obriga a largar o precioso fardo que carrego, e a infeliz criancinha cai nas chamas diante dos olhos da mãe. Essa mulher terrível, sem refletir na finalidade da ação que eu queria praticar para salvar sua filha nem o estado em que a queda feita sob os seus olhos me deixara, levada pelo desregramento de sua dor, me acusa da morte da filha, joga-se impetuosamente sobre mim e me cobre de pancadas. Nesse meio tempo o incêndio se acalma e o pessoal do socorro consegue salvar quase a metade do albergue. O primeiro cuidado da Bertrand é voltar ao quarto, um dos menos danificados de todos; ela renova suas queixas, dizendo que eu devia ter deixado sua filha e que ela não teria corrido nenhum perigo.

Mas o que acontece com ela quando, procurando seus bens, se descobre completamente roubada! Dando ouvidos então apenas a seu desespero e sua raiva, ela me acusa diretamente de ser a causa do incêndio e de o ter produzido apenas para roubá-la à vontade, diz que vai me denunciar, e passando logo das ameaças aos atos, pede para falar com o juiz do lugar. Eu tento protestar minha inocência, ela não me ouve; o magistrado que ela reclama não estava longe, ele próprio havia ordenado os socorros, e aparece à requisição dessa mulher malvada... Ela apresenta sua queixa contra mim, ela se vale de tudo que lhe vem à cabeça para lhe dar força e legitimidade, pinta-me como uma moça de má vida que escapara da corda em Grenoble, uma criatura da qual um jovem, sem dúvida seu amante, a obrigou de se encarregar contra a sua vontade, fala do recoleta de Lyon; em uma palavra, nada é esquecido de tudo que a calúnia envenenada pelo desespero e a vingança pode inspirar de mais enérgico. O juiz recebe a queixa, faz-se o exame da casa; descobre-se que o fogo iniciou num celeiro cheio de feno onde várias pessoas depõem que me viram entrar de noite, e isso era verdade; procurando um banheiro mal indicado pelos criados que havia consultado, entrei nesse celeiro e ali permaneci tempo suficiente para criar suspeitas daquilo de que me acusavam. O processo começa então e prossegue com todas as regras, as testemunhas são ouvidas, nada do que pude alegar em minha defesa foi sequer ouvido, é demonstrado que eu sou a incendiária, é provado que eu tenho cúmplices que enquanto eu agia de um lado, praticavam o roubo do outro, e sem mais esclarecimentos, no dia seguinte, ao raiar do dia, sou levada à prisão de Lyon, e encarcerada como incendiária, infanticida e ladra.

Acostumada havia muito à calúnia, à injustiça e à desgraça, afeita desde a infância a não me entregar a qualquer sentimento de virtude que não me ocasionasse espinhos, minha dor era mais atônita que dilacerante e eu mais chorava do que me queixava. Entretanto, como é natural a criatura sofredora procurar todos os meios possíveis para sair do abismo em que seu infortúnio a mergulha, veio-me ao espírito o padre Antonin; por mínima que fosse a ajuda que eu podia esperar dele, não me recusei a vontade de o ver, eu o solicitei. Como não sabia quem poderia desejar a sua presença, ele apareceu, fingiu não me reconhecer; então eu digo ao guarda que era possível que ele não se lembrasse de mim, tendo orientado minha consciência quando eu era muito jovem, mas que nessa qualidade eu pedia uma entrevista particular com ele; consentiram nisso as duas partes. Assim que fiquei sozinha com esse monge, joguei-me a seus pés e o conjurei a me salvar da cruel posição em que estava; provei-lhe minha inocência, e não lhe ocultei que os maus propósitos que ele tivera comigo dois dias antes haviam indisposto contra mim a pessoa à qual eu estava recomendada e que agora era minha parte contrária. O monge me escutou com muita atenção, e mal terminei:

— Escuta, Sophie — disse ele — e não te deixes levar pelo teu hábito tão logo contradigam teus malditos preconceitos; vês aonde te levaram teus princípios, podes agora te convencer à vontade que eles só te serviram para te mergulhar de abismo em abismo, para, pois, de segui-los uma vez na vida se queres que se salve tua vida. Vejo apenas um meio para consegui-lo; nós temos um de nossos padres aqui que é parente próximo do governador e do intendente, eu o prevenirei; diz que és sua sobrinha, ele te reclamará a esse titulo, e com a promessa de te pôr no convento para sempre, estou persuadido de que impedirá que o processo siga adiante. Neste caso tu desaparecerás, ele te colocará em minhas mãos e eu me encarregarei de te esconder até que novas circunstâncias me permitam devolver-te a liberdade, mas serás minha durante essa detenção; eu não to ocultarei, escrava subjugada a meus caprichos, tu te submeterás a todos sem pensar, me entendes, Sophie, tu me conheces, escolhe este partido ou o cadafalso e não faças esperar tua resposta.

— Ide, meu padre — eu lhe respondi com horror — ide, sois um monstro de ousar abusar tão cruelmente de minha situação para me colocar assim entre a morte e a infâmia; saí, saberei morrer inocente, e morrerei ao menos sem remorso.

Minha resistência inflamou esse celerado que ousa me mostrar a que ponto suas paixões estão exaltadas; infame, ele ousa conceber as carícias do amor no seio do horror e das cadeias, sob o gládio mesmo que esperava para me golpear.

Eu quero fugir, ele me persegue, me derruba sobre a desgraçada palha que me serve de leito, e se ali não consuma completamente seu crime, ao menos me cobre de manchas tão funestas que não me é mais possível acreditar senão na abominação de suas intenções.

— Escuta — disse ele se recompondo — não queres que eu te seja útil; pois bem, eu te abandono, não te servirei nem te aborrecerei, mas se te atreveres a dizer uma única palavra contra mim, acusando-me de crimes imensos, eu te tiro no mesmo instante qualquer meio de poderes jamais te defender. Reflete antes de falar, e pega o espírito disto que vou dizer ao carcereiro, ou trato no mesmo instante de te esmagar.

Ele bate, o guarda entra:

— Senhor — diz o celerado — esta boa moça se engana. Ela queria falar com um padre Antonin que está em Bordeaux, eu não a conheço nem jamais a conheci. Ela me pediu para ouvir sua confissão, eu o fiz, vós conheceis nossas leis, não tenho pois nada a dizer, eu vos saúdo a ambos e estarei sempre pronto a me apresentar quando se julgar importante meu ministério.

Antonin sai dizendo essas palavras, e me deixa tão estupefata com sua velhacaria quanto confusa com sua insolência e sua libertinagem.

Nada funciona mais rápido que os tribunais inferiores; quase sempre compostos de idiotas, de imbecis rigoristas ou de fanáticos brutais, mais ou menos seguros de que olhos melhores corrigirão suas idiotices, nada os segura quando se trata de fazê-lo. Fui condenada à morte por unanimidade por oito ou dez caixeiros de loja que compunham o respeitável tribunal desta cidade de falidos e conduzida prontamente a Paris para a confirmação de minha sentença. As reflexões mais amargas e mais dolorosas vieram então acabar de dilacerar meu coração.

Sob que estrela fatal é preciso que eu tenha nascido, penso comigo, para que me seja impossível conceber um único sentimento de virtude que não seja prontamente seguido por um dilúvio de males, e como pode que esta Providência iluminada cuja justiça eu me comprazo de adorar, ao me punir por minhas virtudes me haja ao mesmo tempo colocado no pináculo aqueles que me esmagam com seus vícios? Um usurário, em minha infância, quer me comprometer com um roubo, eu recuso, ele se enriquece e eu fico à beira de ser enforcada. Velhacos querem me violentar num bosque porque me recuso a segui-los, eles prosperam e eu caio nas mãos de um marquês devasso que me dá cem chibatadas com nervo de boi por não querer envenenar sua mãe. Vou daí para um cirurgião a quem poupo um crime execrável, o carrasco por recompensa me mutila, me marca e me despede: seus crimes se consumam, sem dúvida, ele faz sua fortuna e eu sou obrigada a mendigar meu pão. Quero me aproximar dos sacramentos, quero implorar com fervor ao ser supremo do que recebo outras tantas desgraças, o tribunal augusto onde espero me purificar em um de nossos mais santos mistérios torna-se o teatro pavoroso de minha desonra e minha infâmia; o monstro que me abusa e me avilta se alça em seguida às mais altas honrarias, enquanto eu recaio no abismo pavoroso de minha miséria. Quero aliviar um pobre, ele me rouba. Socorro um homem desmaiado, o celerado me faz girar uma roda como uma besta de carga, me cumula de golpes quando as forças me faltam, todos os favores da sorte o vêm aquinhoar e eu fico prestes a perder a vida por ter trabalhado à força para ele. Uma mulher indigna quer me seduzir para um novo crime, eu torno a perder uma segunda vez o pouco de bens que possuo para salvar a fortuna de sua vítima e para a preservar da desgraça; esse infeliz quer me recompensar dando-me sua mão, ele expira em meus braços antes de fazê-lo. Eu me arrisco num incêndio para salvar uma criança que não me pertence, eis-me pela terceira vez sob o gládio de Têmis. Imploro a proteção de um desgraçado que me aviltou, ouso esperar encontrá-lo sensível ao excesso de meus males, é de novo ao preço de minha desonra que o bárbaro me oferece ajuda... ó Providência, ser-me-á enfim permitido duvidar de tua justiça, e por que outros grandes flagelos não teria eu sido assolada se, a exemplo de meus perseguidores, tivesse sempre incensado o vício? Tais eram, senhora, as imprecações que eu ousava, apesar de tudo, me permitir... que me eram arrancadas pelo horror de minha sorte, quando vos haveis dignado baixar sobre mim um olhar de piedade e de compaixão... Mil desculpas, senhora, por haver abusado por tanto tempo de vossa paciência. Reafirmei minhas queixas, perturbei vosso repouso, isto é tudo que recolheremos ambas do relato dessas cruéis aventuras.

O astro se levanta, meus guardas vão me chamar, deixai--me correr para a morte; eu não a temo mais, ela abreviará meus tormentos, ela lhes dará fim; ela só é temível para o ser afortunado cujos dias são puros e serenos, mas a infeliz criatura que só pisou em cobras, cujos pés ensanguentados só pisaram espinhos, que só conheceu os homens para os odiar, que só viu o astro do dia para o detestar, esta de quem seus cruéis reveses levaram pais, fortuna, ajuda, proteção, amigos, esta que só tem no mundo prantos para se banhar e tribulações para se nutrir... esta, eu digo, quer caminhar para a morte sem tremer, ela a deseja como um porto seguro onde a tranquilidade renascerá para ela no seio de um Deus justo demais para permitir que a inocência aviltada e perseguida na terra não encontre um dia no Céu a recompensa de suas lágrimas.

O honrado senhor de Corville não ouvira esse relato sem ficar prodigiosamente comovido; quanto à senhora de Lorsange, em quem (como já dissemos) os erros monstruosos de sua juventude não haviam extinguido a sensibilidade, ela estava prestes a desmaiar.

— Senhorita — disse ela a Sophie — é difícil vos ouvir sem adquirir por vós o mais vivo interesse... mas é preciso vos confessar, um sentimento inexplicável, mais vivo ainda que este que acabais de vos pintar, me atrai irresistivelmente para vós, e faz de meus próprios males os vossos. Haveis ocultado vosso nome, Sophie, haveis me ocultado vosso nascimento, eu vos conjuro a me confessar vosso segredo; não imagineis que seja uma vã curiosidade que me leva a vos falar assim; se o que desconfio fosse verdade...ó Justine, se fosseis minha irmã!

— Justine... senhora, que nome!

— Ela teria hoje a vossa idade.

— Ó Juliette, és tu então que eu ouço — diz a infeliz prisioneira precipitando-se nos braços da senhora de Lorsange... — tu, minha irmã, grande Deus... que blasfêmia eu cometi, duvidei da Providência... ah, morrerei bem menos infeliz, já que pude te abraçar ainda uma vez!

E as duas irmãs, estreitamente apertadas uma nos braços da outra, exprimindo-se apenas por soluços, se escutavam apenas por suas lágrimas... O senhor de Corville não conseguiu conter as suas, e percebendo que lhe era impossível não tomar o maior interesse por esse assunto, saiu a campo e entrou num gabinete, escreveu para o Guarda dos Selos, pintou com traços de sangue o horror da sorte da infortunada Justine, fez-se fiador de sua inocência, pediu que até o esclarecimento do processo a pretensa culpada tivesse somente o seu castelo como prisão e comprometeu-se a apresentá-la à primeira ordem do chefe soberano da justiça. Escrita a carta, ele confiou-a aos dois cavaleiros, apresentou-se a eles, ordenou-lhes que levassem sua carta prontamente e voltassem para buscar a prisioneira em sua casa se assim recebessem a ordem do chefe da magistratura; esses dois homens que viam o que tinham em mãos não temeram se comprometer obedecendo; enquanto isso uma carruagem avança...

— Vinde, bela infortunada — diz então o senhor de Corville a Justine que se encontra ainda nos braços da irmã — vinde, tudo acaba de mudar para vós em um quarto de hora; não se dirá que vossas virtudes não encontrarão sua recompensa cá em baixo, e que só encontrais almas de ferro... segui-me, sois minha prisioneira, somente eu responderei por vós.

E o senhor de Corville explica em poucas palavras o que acaba de fazer...

— Homem tão respeitável quanto querido — diz a senhora de Lorsange precipitando-se aos joelhos do amante — este é o mais belo gesto que fizeste de vossos dias. Cabe ao que conhece verdadeiramente o coração do homem e o espírito da lei vingar a inocência oprimida, socorrer o infortúnio oprimido pela sorte... Sim ei-la... ei-la, vossa prisioneira... vai, Justine, vai... corre beijar agora mesmo os passos deste protetor justo que não te abandonará como os outros... ó senhor, se os laços do amor me eram preciosos convosco, o quanto eles não vão se me tornar doravante, embelezados pelos laços da natureza, reatados pela mais terna estima!

E essas duas mulheres abraçavam à vontade os joelhos de um tão generoso amigo e os regavam com suas lágrimas. Partiram.

O senhor de Corville e a senhora de Lorsange se divertiam muito em fazer Justine passar do auge da infelicidade ao cúmulo do conforto e da prosperidade; eles a alimentavam com delícias dos pratos mais suculentos, eles a deitavam nos melhores leitos, eles queriam que ela dispusesse de sua casa, colocavam nisso enfim toda a delicadeza que era possível esperar de duas almas sensíveis... Mandaram preparar-lhe remédios durante alguns dias, banharam-na, vestiram-na, embelezaram-na; ela era o ídolo dos dois amantes, aquela a quem ambos juraram logo esquecer suas desgraças. Com alguns cuidados, um excelente artista se encarregou de fazer desaparecer aquela marca ignominiosa, fruto cruel da perversidade de Rodin.

Tudo correspondia aos votos da senhora de Lorsange e de seu delicado amante; as marcas do infortúnio já começavam a se apagar do rosto encantador da amável Justine... as graças aí já restabeleciam seu império; aos matizes lívidos de suas faces de alabastro sucediam as rosas da primavera; o riso tanto tempo apagado de seus lábios reapareceu enfim sobre a asa dos prazeres.

As melhores notícias chegavam de Paris. O senhor de Corville havia colocado toda a França em movimento, havia reavivado o zelo de M.S., que se unira a ele para descrever as desgraças de Justine e para lhe devolver uma tranquilidade que lhe era bastante merecida... Cartas do rei chegaram enfim, desonerando Justine de todos os processos que lhe haviam sido injustamente movidos desde sua infância, lhe devolviam o título de cidadã honrada, impondo para sempre o silêncio a todos os tribunais do reino que haviam conspirado contra essa infeliz, e lhe concedendo duzentas libras de pensão sobre os fundos recolhidos na oficina dos moedeiros falsos do Dauphiné. Faltou pouco para que ela expirasse de alegria tomando conhecimento de notícias tão alvissareiras; ela derramou muitos dias seguidos lágrimas bem doces no peito de seus protetores, quando, de repente, seu humor mudou sem que fosse possível adivinhar a causa. Ela se tornou sombria, inquieta, sonhadora, às vezes chorava entre seus amigos sem poder ela própria explicar o motivo de suas lágrimas.

— Eu não nasci para tamanho cúmulo de felicidade — dizia ela, às vezes, à senhora de Lorsange... — oh minha querida irmã, é impossível que isso possa durar.

Tratavam de convencê-la de que todos seus problemas haviam acabado, que ela não devia ter mais nenhum tipo de inquietude; o cuidado que se teve de não falar mais das lembranças que lhe sobraram de algum personagem com o qual se havia comprometido e cujo crédito podia ser temível, não a conseguia acalmar; entretanto nada resultava disso, dir-se-ia que a pobre moça, destinada unicamente à infelicidade e sentindo a mão do infortúnio perpetuamente suspensa sobre a sua cabeça, previa já o último golpe que a esmagaria. A senhora de Lorsange ainda morava no campo; era o fim do verão e se havia planejado um passeio que uma tempestade pavorosa que se formava parecia haver atrapalhado; o excesso de calor obrigara a deixar tudo aberto no salão.

O relâmpago brilha, a grade cai, os ventos sopram impetuosos, golpes assustadores de tempestade se fazem ouvir. A senhora de Lorsange assustada... a senhora de Lorsange que teme horrivelmente a tempestade, suplica para a irmã fechar tudo o mais rapidamente possível; o senhor de Corville entrava neste momento; Justine, ansiosa para tranquilizar a irmã, corre para uma janela, ela procura lutar um minuto contra o vento que a rechaça e naquele instante um raio a derruba no meio do salão e a deixa sem vida sobre o assoalho.

A senhora de Lorsange solta um grito lancinante... e desmaia.

O senhor de Corville grita por socorro, os cuidados se dividem, trazem a senhora de Lorsange a si, mas a infeliz Justine fora atingida de tal maneira que não havia esperança para ela. O raio havia penetrado pelo seio direito, queimado o peito, e saído por sua boca, desfigurando seu rosto de tal forma que causava horror contemplá-la. O senhor de Corville quis que a levassem no mesmo instante. A senhora de Lorsange se levantou com ar muito tranquilo e se opôs.

— Não — diz ela ao amante — não, deixai-a sob meus olhos por um momento, preciso contemplá-la para me fortalecer na resolução que acabo de tomar. Escutai-me, senhor, e sobretudo não contrarieis o partido que adoto e do qual nada no mundo poderá me demover no presente. As desgraças inauditas que sofrem essa infeliz, embora ela tenha sempre respeitado a virtude, têm alguma coisa de muito extraordinário, senhor, para não me abrir os olhos sobre mim. Não imagineis que eu me cego para esses falsos clarões de felicidade dos quais vimos gozar no curso de suas aventuras os celerados que a atormentaram. Esses caprichos da sorte são enigmas da Providência que não nos cabe desvendar, mas que não devem jamais nos seduzir. A prosperidade do perverso é tão-somente uma prova a que a Providência nos submete, é como o raio cujos clarões enganadores embelezam por um instante apenas a atmosfera para precipitar nos abismos da morte o infeliz que ele ofuscou... Eis o exemplo embaixo de nossos olhos. As calamidades seguidas, as desgraças pavorosas e sem interrupção dessa garota infortunada são um aviso do Eterno para que eu me arrependa de meus caprichos, escute a voz de meus remorsos e me jogue enfim em seus braços. Que tratamento devo temer dele, eu... cujos crimes vos fariam estremecer se vos fossem conhecidos... eu cuja libertinagem, irreligião... abandono de todos os princípios marcaram cada instante de minha vida... o que deveria esperar para mim, pois se assim é tratada aquela que não teve um único erro voluntário a se recriminar na vida... Separemo-nos, senhor, ainda é tempo... nenhuma cadeia nos prende, esquecei-me, e achai bom que eu vá com um arrependimento eterno abjurar aos pés do ser supremo das infâmias de que me manchei. Esse golpe pavoroso para mim era contudo necessário para a minha conversão nesta vida, e à felicidade que ouso esperar na outra; adeus, senhor, não me vereis mais. O último sinal que espero de vossa amizade é de não fazer nenhum tipo de inquirição para saber o que foi feito de mim; eu vos espero num mundo melhor, vossas virtudes devem conduzi-lo para lá. Possam as penitências onde eu irei expiar meus crimes, passar os pobres anos que me restam, me permitir ali revê-lo um dia.

A senhora de Lorsange sai logo depois da casa, manda atrelar uma carruagem, pega um pouco de dinheiro, deixa todo o resto para o senhor de Corville indicando-lhe doações piedosas, e corre para Paris onde entra nas Carmelitas das quais se torna, ao cabo de pouquíssimos anos, o modelo e o exemplo, tanto pela grande piedade quanto pela sabedoria de espírito e a extrema regularidade de costumes. O senhor de Corville, digno de obter os mais altos cargos de sua pátria, é honrado com eles para fazer a felicidade do povo, a glória de seu soberano e a fortuna de seus amigos. Ó vós que ledes esta história, possais tirar dela o mesmo proveito que essa mulher mundana e redimida, possais vos convencer com ela de que a verdadeira felicidade reside no seio da virtude apenas e que se Deus permite que ela seja perseguida na terra, é para lhe preparar no Céu uma recompensa mais agradável.

Terminado ao cabo de quinze dias, em 8 de julho de 1787.

Este livro foi composto em Garamond pela *Iluminuras* e terminou de ser impresso em abril de 2018 nas oficinas da *Meta Brasil*, em Cotia, SP, em papel off-white 80g.